ママは身長100cm

伊《い》是《ぜ》名《な》夏《なつ》子《こ》

ママは身長100cm

はじめに

はじめまして。伊是名夏子《いぜななつこ》です。「いぜな」という名字、初めて聞いた人もいるでしょう。ペンネームではなく、本名で、沖縄《おきなわ》の名前です。

私は生まれつき骨《ほね》が弱い障害《しょうがい》があり、身長100cm、体重20kg、車いすで生活しています。歩けないのは普通《ふつう》で、小さいのも当たり前。車いすに乗るもの自然だし、恋《こい》だってするし、いつか結婚《けっこん》もしたい。子どものころからそう思ってきました。そして運よく2人の子どもを授《さず》かり、ずっとやりたかった子育てができている毎日です。

でも私が子育てをしているのを見た人、話を聞いた人は、あまりに驚《おどろ》くことが多くて、「あれ?? 私って普通じゃないのかな?」と逆《ぎゃく》に思うようになってきました。

できないことが多い私の子育て。総勢《そうぜい》10人のヘルパーさんや、友だち、学生ボランティア、地域の方々などたくさんの人に支《ささ》えてもらい、笑ったり、落ち込んだり、悩《なや》んだり。

でも子育ては、障害のあるなしに関わらず、だれにとっても大変なときがあるでしょう。「あるある」「ウチもウチも！」と思ってもらえると嬉《うれ》しいです。

子育て中のママだけでなく、子どもがいない人や、シングルの人、10代の人、20代の人、子育てを終えた人、そして男性《だんせい》など、いろいろな人に読んでもらいたいです。だって私はママ友も好きだけど、自分とはちがう状況《じょうきょう》にいる人も大好き！

同じ状況にいる人だと、お互《たが》いを比べちゃって、苦しくなってしまうことがあるけれど、状況が違うと、逆に自然体でいられたり、素直《すなお》に相手をほめることができるからです。ちがうからこそ、理解《りかい》し合えるし、支え合えるのです。この本を通して、ちがうのっていいね、ちがうっておもしろいね、そう思ってもらえると嬉しいです。

また、妊娠《にんしん》・流産・出産・子育てについてだけではなく、小さいころのことや家族、障害、恋愛《れんあい》、夫婦別姓《ふうふべっせい》、性教育についても書きました。気になる章からでも、コラムのページからでも、写真を眺《なが》めるだけでも、好きなところから読んでください。

突然ですが、私は薬草のよもぎが大好き！　沖縄では「フーチバー」と呼《よ》ばれ、炊《た》き込《こ》みご飯や、沖縄そばにトッピングします。独特《どくとく》の香《かお》りがあって、苦みが強いけど、体によくて、ハマったらやめられないよもぎ。ときに毒舌《どくぜつ》な私は、よもぎのように生きたい、と思っています。

私の言葉や生き方が、よもぎのように、あなたの心の薬になりますように。

CONTENTS

第4章 がんばらないためにがんばる

第5章 ピンチがチャンス！ 195

第1章

私はこうしてママになった

身長100㎝でも子育てしてみたかった

子どもが一緒《いっしょ》にいる生活って楽しいだろうな。自分で生めるかはわからないけれど、子育てはやってみたい。そう思っていた私。

「どうしてそんなに子どもがほしかったの?」とよく聞かれます。普通《ふつう》の女性《じょせい》にだったら、そんな質問《しつもん》、あまりしないのだろうけど。私は車いすユーザーなので、子育ては「大変そう」「無理でしょ」「なんでわざわざ子育てなんて?」と思う人が多いようです。

2人の子どもと一緒にお出かけしていると、「子どもが3人?」「子どもたちは車いすの人のお手伝いをしているの?」と思われることがしばしばあります。そして子どもたちが「ねぇ、ママ」と話しかけているのを聞き、びっくりされるのです。

アメリカ・カリフォルニア州・サクラメント Boys & Girls Club でのボランティア。6～8歳の女の子の担当でした。

一方で、小さな子どもたちは私を見ると「なんでちっちゃいの？」「歩けないの？」とすぐに聞いてきます。私ができるできないに関わらず、おままごとでも、なわとびでも、おにごっこでも「一緒に遊ぼう」と誘《さそ》ってきます。私が一緒に遊べなかったら「あとでね」と去っていく子もいるし、「私がやってあげるから！」と手伝ってくれ、できる方法で一緒に遊んでくれます。

子どもにとっては、私が小さいこと、歩けないこと、車いすに乗っていることはあまり関係がないみたい。自分がやりたい遊びができたらいいので、その方法を柔軟《じゅうなん》に考えてくれるのです。子どもとのそんなやりとりが、私も楽で、居心地《いごこち》がいいのです。

また私の場合、子どもと大きさがほぼ変わらないので、同年代だと思われて、仲良くなりやすいのがラッキーなところ！

姪《めい》っ子、甥《おい》っ子と遊ぶのも好きだし、友だちの子どものお世話もするのも好き。自分が小さいときは骨折《こっせつ》ばかりで、友だちと思いっきり遊ぶことができなかったからこそ、子どもといっぱい遊びたい！いつかは子どもがほしい！と思っていました。

婦人科検診で「子宮は平均サイズ」

いつか子どもがほしい。そして、性教育が好きな私は、産婦人科に行くのが好きでした。しかし健診では、大きな壁《かべ》が！

初めて受診する病院の受付で保険証《ほけんしょう》を出すと、受付の人や看護師《かんごし》は、まわりをきょろきょろ見るのです。「受診をするのはだれなのかしら？　まさかこの人？」というように。医師からは診察台に座《すわ》れないと決めつけられ「問診だけにしましょう」と。

私は車いすで生活していて、体も小さいです。でも手伝ってもらえば診察台にも乗れるし、股《また》を開く診察台でも、開く角度や幅《はば》を調整したら、受診できます。診察すらまともにしてくれない病院では、子どもを生みたいという相談なんてできるはずもありません。

その対応《たいおう》が悲しくもあるけど、ときにはおもしろくて、初めて訪《おとず》れる婦人科では「今回はどんな対応をされるかな？」とワクワクするほどでした。

みなさんは女性の子宮の大きさがどれくらいか知っていますか？　にぎりこぶしくらい、平均6㎝なのですが、私の子宮は6㎝以上あったのです！　身長は100㎝しかないのに。自分でもびっくり!!

それがわかったのは、私と同じ障害《しょうがい》があって、出産した先輩《せんぱい》ママの担当医師に、検診してもらったときのことです。私は25歳でした。

「妊娠《にんしん》、出産の可能性《かのうせい》はありますよ」と言われたのです。もちろん妊娠・出産は子宮の大きさだけで決まるわけではありません。でも検診をすれば大きさなんて簡単《かんたん》にわかるのです。それすらも診《み》てもらえない病院がいままでなんと多かったこと。それからは妊娠・出産に希望を持ち、前向きになれました。

そのときに撮《と》ってもらった、排卵前《はいらんまえ》の卵子が写る子宮のエコー写真は、お守りのように手帳に入れていました。

まさかの妊娠発覚

2010年にパートナーと結婚式《けっこんしき》を挙げ、彼の転勤《てんきん》で沖縄県から香川県《かがわけん》に引《ひ》っ越《こ》しました。夫婦別姓《ふうふべっせい》にすると決めていたので、婚姻届《こんいんとどけ》は出さない事実婚です。

子どもはほしいと思っていたけれど、具体的にいつ、とは決めていませんでした。結婚から1年後の2011年2月、実家の沖縄に帰省したとき、いつも通っていた婦人科で婦人科検診をしたときのこと。まさかの妊娠が発覚したのです!!!

動揺《どうよう》する私に医師は「大丈夫ですよ、生むのは10カ月後ですから」「あなたの場合は施《し》設《せっ》が整《とと》った病院がいいですね」と、肯定的《こうていてき》、かつ冷静なことだけを言ってくれました。

今思うと、その医師の対応はとてもよかったです。なぜなら私と同じ障害がある友だちは、医師から「本当に出産するんですか?」「妊娠の可能性があるなら、検診しません。責任《せきにん》が取れませんから」と言われ、つらい思いをした人が多かったからです。

身長100cmの小さな私は、赤ちゃんをいつまで胎内《たいない》で育てられるかわかりません。肺《はい》や心臓《しんぞう》が圧迫《あっぱく》され、自分と赤ちゃん、2人分の酸素《さんそ》をつくることが難《むずか》しくなる可能性があります。長期の管理入院をするだろうし、赤ちゃんは低出生体重児(未熟児《みじゅくじ》)になることは確実。NICU(新生児特定集中治療室《ちりょうしつ》)の整った病院で経過《けいか》を見て、出産することが大切です。

おなかが大きくなると、妊娠5カ月くらいで動くのが難しくなり、寝たきりになる可能性もあります。お風呂《ふろ》やトイレも行けなくなるかもしれません。いままでできていたことができなくなるでしょう。

今後、具体的にどんなサポートが必要なのかを考えないといけません。大学院の入学を控《ひか》えていたので学業はどうするか、などいろいろ考えることがありました。

でも、とにかくとっても嬉しかったです。

そしていちばん大切なのは、信頼《しんらい》できる医師に診てもらうこと。4年前にも受診した、私の子宮の大きさを教えてくれた東京の医師に、検診も兼《か》ね、どこの病院がいいのか相談をすることにしました。妊娠初期に香川から東京まで、飛行機に乗っても大丈夫なのかと心配もありました。でも「赤ちゃんの力を信じる」と決めていたので、迷《まよ》わずに受診しました。

パートナーは不安で、医師にネガティブな質問ばかりをしていました。しかし医師は、「母体がどこまで耐《た》えられるかは、一人ひとりちがうから、やってみないとわからない。赤ちゃん、お母さん、それぞれよ」「苦しくなったら、帝王《ていおう》切開で出せばいいのよ」と、これまた肯定的なことだけを言うのです。パートナーも少しずつ不安が減《へ》り、私も安心しました。

確認できない赤ちゃんの心拍

ところが、赤ちゃんの袋《ふくろ》（胎嚢《たいのう》）は見えるのに、心拍が確認できないので、流産の可能性があると言われました。

香川県や四国に、おすすめの医師がいないかと伺《うかが》うと、なんとラッキーなことにその医師の後輩でもあり、信頼する女性医師が香川県にいたのです！　紹介状《しょうかいじょう》を書いてもらい、そちらで経過を見ていくことになりました。

自宅《じたく》からも通える香川県の病院での診察が始まりました。しかし赤ちゃんの心拍は確認できません。日にちを置いて何回か受診しましたが心拍は確認できず、稽留《けいりゅう》流産が決まりました。

医師は、「卵の問題なので、母体に問題があったから、お母さんが○○したから、というわけでない」「流産はだれにでも起こりうることで、約6人に1人の確率《かくりつ》」と何度も説明してくれました。

自然に流れるのを待ちたいのですが、あまりに長く置いておくと母体によくないので、早めの手術《しゅじゅつ》が必要です。自然に出血で流れるのを待つか、手術をするか、どちらかを決めなければいけません。

流産の手術では全身麻酔《ますい》をかけます。それを避《さ》けたかった私は、早く出血が起きてほしいと願いました。いままで愛《いと》おしいと思っていたものを、流産が決まったとたんに、体内から早く出てほしいと思ってしまう自分を責《せ》めたりもしました。心拍はないものの、赤ちゃんの袋（胎嚢）だけはどんどん大きくなっていく。それが腫瘍《しゅよう》のようにも思えて、とても悲しかったです。

初めての涙

今から8年前の2011年3月は東日本大震災《ひがしにほんだいしんさい》のまっただ中でした。テレビから流れる震災、原発の映像《えいぞう》を見るのもとてもつらく、日本中が混乱《こんらん》して不安なとき。パートナーは福島出身なので、私は親戚や友だちに物資《ぶっし》を送るのにも忙しく、体が重い中、スーパーをあちらこちら回りました。大変な反面、友だちが我が家に避難《ひなん》してきて、人がいてくれたことが手術を控える私には心強くもあったのです。

手術をする前にセカンドオピニオンがほしいと思っていたので、友だちに相談すると、メールでも相談を受け付けている医師を紹介してくれました。主治医と同じように、その医師からも妊娠10週までには手術をしたほうがいいとのアドバイスをいただきました。
そして、手術の日を決めました。タイムリミットが決まったことで、意外にも少し気持ちが落ち着いてきました。

そして迎《むか》えた手術の日、3月30日。まず子宮口を広げるために海藻《かいそう》を入れます。私の体は変形しているところが多く、膣《ちつ》や子宮口も斜《なな》めになっていて、最初は海藻が入りにくく、とても痛かったです。

でも、医師のケアが本当に丁寧《ていねい》で、一つひとつの声かけに救われました。
手術直前まで、エコーで赤ちゃんの心拍がないかを確認してくれ、最後の最後まで希望を持たせてくれました。最後に見たエコーでは、楕円形《だえんけい》だった胎嚢が変形し、なみなみくねくねになっていました。

一泊入院の手術を終え、退院後《たいいんご》、やっと泣くことができました。次から次へといろいろなことが起きて、自分の気持ちと向き合ったり、感情《かんじょう》を出す余裕《よゆう》がなかった1カ月でした。

そして驚《おどろ》いたことに、私が流産をしたことをまわりに話すと、「実は私も……」と打ち明ける人が次々にいたのです。身近な人が、こんなにもたくさん流産を経験していたとは、正直びっくりでした。でもよく考えてみると、妊娠の約6分の1が流産すると言われているので、当然かもしれません。

でも流産のマイナスイメージが強く、話さないほうがいいと思ってしまいがちなのです。人に話すことでよりつらくなるので話さないのでしょう。

私も、「また次があるよ」「大学院に通うならかえってよかったんじゃない」と励《はげ》まされるのが逆《ぎゃく》につらかったり、「無理したからじゃない？」「飛行機に乗ったからじゃない？」と言われ、非難《ひなん》されているように感じたりすることがありました。

特に、「今後の妊娠について影響がないといいね」と言われたのは傷つきました。流産がその後の妊娠に影響《えいきょう》してくることはほとんどありません。特に3回目までは。誤《あやま》った情報で傷つく人は多いでしょう。流産の正しい情報は広まりにくく、思い込みや偏見《へんけん》が多いと感じました。

流産も出産のひとつの形

流産の手術は無事終わったものの、初期流産で妊娠の実感がほとんどなく、心にぽっかり穴《あな》があいたようでした。無力感に襲《おそ》われ、ただただ悲しかったです。でも、もう赤ちゃんはいないのだから前を向くしかないと、何もなかったように毎日を過《す》ごしていました。

すると流産の半年後、急に体がだるく、重くなり、起き上がるのもつらくなる日が来ました。理由を考えてみると、小さな疲《つか》れがずっと、妊娠流産のときから続いていると気づいたのです。

でもそんなとき、友だちの一言に救われました。

「流産をした体は、産後と同じ状態《じょうたい》なんだよ。だからゆっくり休んでね。」

赤ちゃんは成長せず、何も残らなかった、何もできなかったと思っていました。

でも、本当は流産も出産と同じこと。流産も偉大《いだい》なことなのです。自分を誇りに思い、大事にしようと思いました。体をあたためて、なるべく休むように心がけました。

つらいこと、悲しいことを話すのは勇気がいります。でも、意外と共感してくれる人も多く、救われます。

待ちに待った赤ちゃん再び

流産してからすぐにまた赤ちゃんが来てくれるのを願っていたのですが、なかなか授《さず》かりません。大学院での研究も始まり、忙しく、約2年経《た》った2013年1月のことです。普段はあまり食べたくないお肉が無性《むしょう》に食べたくなったり、すっぱいものがとってもおいしく感じて、「こんなにおいしいピクルス、食べたことない！」と絶賛《ぜっさん》していました。生理が来てないと気づき、検査薬《けんさやく》で調べると陽性！ 味覚の変化は赤ちゃんのせいだったのですね。

びっくり！ そして、ついに!!!!

さっそく前回の流産でお世話になった病院を受診しました。

前回の妊娠では確認できなかった心拍も、すぐに見えました。まだ手放しに喜べるわけではないのですが、嬉しかったです。だって、ずっとずーーーっと待っていたのですから。大学院修了《しゅうりょう》を待ってくれていたようなグッドタイミングでもありました。

予想不可能な妊娠経過

身長100㎝、体重20㎏の小さな私の体。赤ちゃんがいつまでおなかにいられるかわかりません。前例が少ないだけに、医師も私もどんなトラブルが起きるかは予測《よそく》不可能です。まずは妊娠27週、1000gを目標にしました。その時期までおなかの中で育てられると、医療の力で命を救える可能性が高いからです。

妊娠するまでの2年間、私は大学院で特別支援《しえん》教育を学んでいました。「低出生体重児（未熟児）は、発達障害をはじめ、さまざまな障害を持つ可能性が高くなる」という病理の授業《じゅぎょう》も受けていました。

身長100㎝しかない私が妊娠したとき、赤ちゃんが低体重児で生まれることは確実です。1000g以下で生まれるとどんな可能性がどれだけあるのか、1500g以下だとどうなのか、それをデータで、理論《りろん》で学ぶことができたのは、心の準備《じゅんび》につながりました。

予測できないトラブルを抱える私の妊婦生活。妊娠5カ月くらいで寝たきりになり、管理入院になる可能性もあります。また肺が圧迫されて呼吸《こきゅう》が苦しくなるかもしれないし、あばら骨が圧迫されて骨折するかもしれません。

またおなかの赤ちゃんに障害が遺伝《いでん》している可能性も2分の1の確率であります。赤ちゃんがおなかの中で骨折するかもしれないし、帝王切開の手術や、その後のケアも慎重《しんちょう》にしなければいけません。不安なこと、予想できないことがいっぱいです。

普通、妊婦は本やネットで妊娠中に気をつけたほうがいいこと、やったほうがいいことをリサーチします。でもそのほとんどが歩ける妊婦向け、一般《いっぱん》の人向けなのです。27週まで妊娠を継続《けいぞく》させ、帝王切開での出産がゴールの私に当てはまる情報は、本にもネットにもありません。

同じ障害で出産したことのある先輩ママからの話が、私が参考にできる唯一《ゆいいつ》の情報でした。そして医師と話し合いながら、経過を見ていくしかありません。

医師はいつも「できるところまでやってみましょう」というスタンスでした。私を「障害者」ではなく、「一人の妊婦」として扱《あつか》ってくれました。妊婦として起こるであろう可能性を丁寧に見ていく医師や看護師の対応がありがたかったです。

ハイリスクな妊娠生活3つの工夫

手探りの妊婦生活で、自分で工夫したことが3つありました。

まず1つ目は車いすの改造です。長時間、座っている姿勢《しせい》は、赤ちゃんの成長にも、私にもよくないと思ったからです。車いすの座る部分に板を取り付け、座面《ざめん》を広くし、車いすでも寝転がれるようにしました。リクライニングできる車いすなら問題なかったのかもしれませんが、私が使う手動車いすはできないタイプだったので、自分でアレンジしました。ホームセンターで車いすの幅に合わせて板を切ってもらい、それを結束バンドで止めるだけ。簡単！　総計《そうけい》1500円と値段《ねだん》もお手頃《てごろ》。

この車いす改造のおかげで、妊娠中も無理なく横になりながら、お出かけを楽しみました。ただ、車いすは自分で動かさないようにし、いつも誰かに押してもらいました。私の体にとっても、車いすの転倒《てんとう》を防《ふせ》ぐためにも、だれかいたほうが安全だからです。

２つ目は保温弁当箱《べんとうばこ》を使うこと。私は調理をするとき、踏《ふ》み台《だい》の上に立つのですが、自分の足の力だけでは立てないので、キッチン台にもたれて、体を支えます。そうするとどうしてもおなかをキッチン台に当て、体を支えることになるので、おなかが圧迫されてしまうのです。おなかが大きくなるにつれ、体のバランスもとりにくくなり、もし転んだら骨折してしまいます。妊婦の私にとっては、キッチンに立つことはケガにつながる可能性が高いので、控えることにしました。

１日数時間ヘルパーさん（障害のある人が地域《ちいき》で暮らすために補助《ほじょ》をしてくれる人。国の制度《せいど》で決められており、ボランティアではありません）が来てくれるので、ヘルパーさんがいる間に昼食をとり、夕飯はヘルパーさんに保温弁当箱に詰《つ》めてもらうことにしました。おかげであたたかい夕飯が食べられました。

そして３つ目は室内移動《いどう》の工夫です。私は家の中では車いすを使わず、床《ゆか》を這《は》って動きます。でもおなかが大きく、重くなり、体を手で支えて動くのがつらくなってきました。

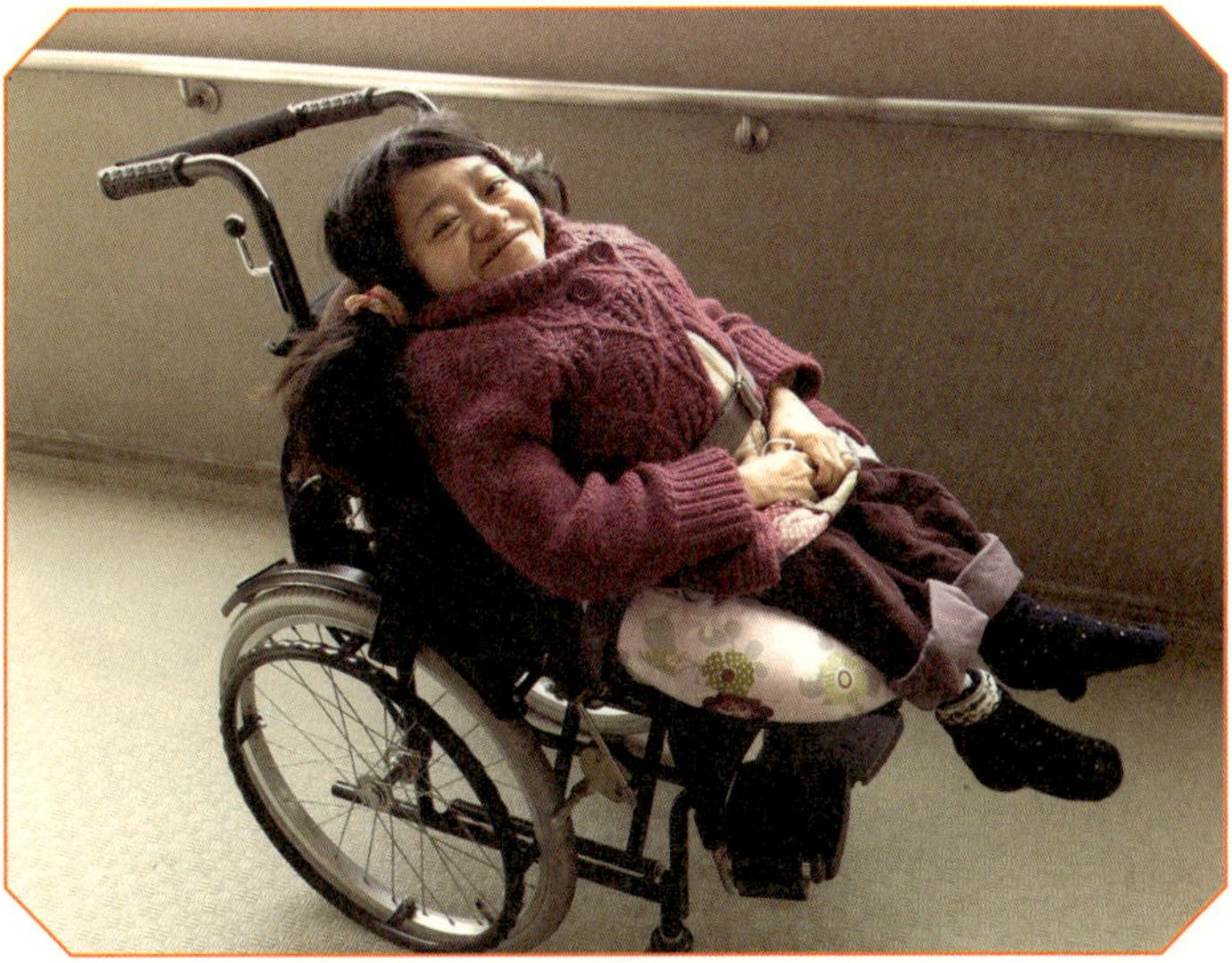

座面を板で広くした改造車いす。いつでもゴロンと横になれてラクラクです。おなかも苦しくなりません。

無理をしたら、骨折にもつながります。

何かいいものはないかと探すと……ありました！　100円均一のお店で買った、園芸用品、植木鉢《うえきばち》を置くローラー付きの板です。重量制限《せいげん》は30kgで、私はセーフ！　これに乗って家の中を動くとラクラクでした。

こうやって工夫を重ねながら、体を大事にして、無理をしない妊婦生活を心がけました。

奇跡的な妊娠生活

工夫を重ねて、安全第一、無理をしないがモットーの妊婦生活。大きなトラブルはなく、妊娠中期に入りました。赤ちゃんも順調に、平均の重さ、大きさに育っていきました。私の体の大きさは全然平均ではないのですが。

情報が少なく、予測のつかない妊婦生活は、不安もたくさん。月1回の検診では、医師に細かく質問をしました。

医師はいつも、「うーーん、どうなるかはわからないけど、何かあったら手術で取り出せばいい。できるところまでやってみましょう」と答えてくれることが多かったです。

いまの医療、特に新生児医療の発展《はってん》は目覚ましく、1000g以下の赤ちゃんの命が救えることも、めずらしくなくなってきました。もちろん、おなかの中で順調に大きくなり、予定日前後に生まれるのがいちばんです。でも、そうはいかないときのための技術《ぎじゅつ》が、いまの医療にはあるのです。

相性のいい赤ちゃん

赤ちゃんは、私の狭《せま》いおなかの中でスペースを見つけて、どんどん大きくなっていきました。体の変化に戸惑《とまど》い、どこまで体が耐えられるかと不安に思う私に、医師は、「赤ちゃんは急に大きくなるわけではなく、少しずつだから、そんなに心配することはない」と一言。その言葉通り、私の体も少しずつ慣《な》れていき、ラッキーなことに肺や骨が圧迫されて苦しくなることはありませんでした。

私と同じ障害のある妊婦さんの中には、呼吸が苦しくなったり、骨折してほぼベッドで寝たきりになる人もいたので、私の妊娠生活が順調なのは奇跡的とも言えました。赤ちゃんとの相性がよかったのかもしれません。

赤ちゃんも私の体に合わせて独自《どくじ》の成長を遂《と》げていきました。普通の赤ちゃんは、妊娠後期には頭を下に向け、骨盤《こつばん》に収《おさ》まり、産道を通る準備をします。しかし私の骨盤は小さく、もし赤ちゃんがそれに合わせて姿勢を固定してしまったら、赤ちゃんも成長できず、私も苦しくなってしまいます。

私の赤ちゃんは、あえて産道を目指さず、姿勢を固定させる代わりに、おなかの中で自由に、ぐるぐる動き回っていました。赤ちゃん自身も、帝王切開で生まれることを知っていたのかもしれません。自分で居心地のいいポジションを見つける、賢《かしこ》い赤ちゃんでした。

妊婦生活があまりにも順調に進んだので、予想より遅《おそ》い妊娠29週で管理入院しました。27週の目標は超えたので、あとは何か問題が起きたとき、苦しくなったときが妊娠生活のリミット、つまり出産するときです。いつまで続くかはわかりませんが、ここまで来れたことが本当に嬉しかったです。

つらかった流産に感謝

真夏でしたが、病院の冷房《れいぼう》が体によくないと思い、毎日足湯をしました。また普通の妊婦のように「適度《てきど》な運動」ができないので、ベッドの上でこまめにストレッチもしました。

こんな小さな私が、無事に妊娠後期を迎えられたのは、20代のころから自然食に興味《きょうみ》があり、体にいい食生活をしていたこともあるのかもしれません。また妊娠してからは極力無理をしないよう、車いすを改造したり、ヘルパーさんの使い方を見直したのもよかったのかもしれません。

でもいちばんは、1回目の流産のときにいい医師に出会え、夫婦ともに妊娠への心の準備ができていたことでしょう。前回の流産のおかげで、たくさんの情報を集めることができました。つらかった流産でしたが、感謝の気持ちでいっぱいになりました。

妊娠前20kgだった私の体重は、25kgになりました。体が重いので、ゆっくりとしか動けませんが、トイレもお風呂も車いすで移動しながら、自分でできました。

毎朝の日課は、病院の入り口のベンチの横で、朝日を浴び、セミの声を聞きながら、おなかの赤ちゃんに話しかけること。4人部屋だったので、カーテン越しに声が同室の人に聞こえるのが、恥《は》ずかしかったのです。

障害が遺伝していたら?

おなかの中で赤ちゃんはぐるぐる動き回り、昨日は右側にあった頭が、今日は左側になることも。赤ちゃんに蹴《け》られるのは痛いし、ぐるぐる動き回る感触《かんしょく》は気持ち悪いのだけど、それはおなかの中に、動き回れるくらいのスペースがあるということ。

私の身長は100cmしかないのに、子宮は赤ちゃんに合わせて順調に大きくなり、胎盤や羊水も平均の赤ちゃん、妊婦と同じになりました。

ただ、まだ心配なことが1つありました。おなかの赤ちゃんに、私の骨の弱い障害が遺伝している可能性が2分の1の確率であることです。私は生まれたときにすでに両足を骨折していて、頭の骨がほぼつくられていなかったのです。私の赤ちゃんもそうなるかもしれません。

妊娠が順調に進んでも、検診のたびに、エコーで赤ちゃんが骨折したり、骨が変形して

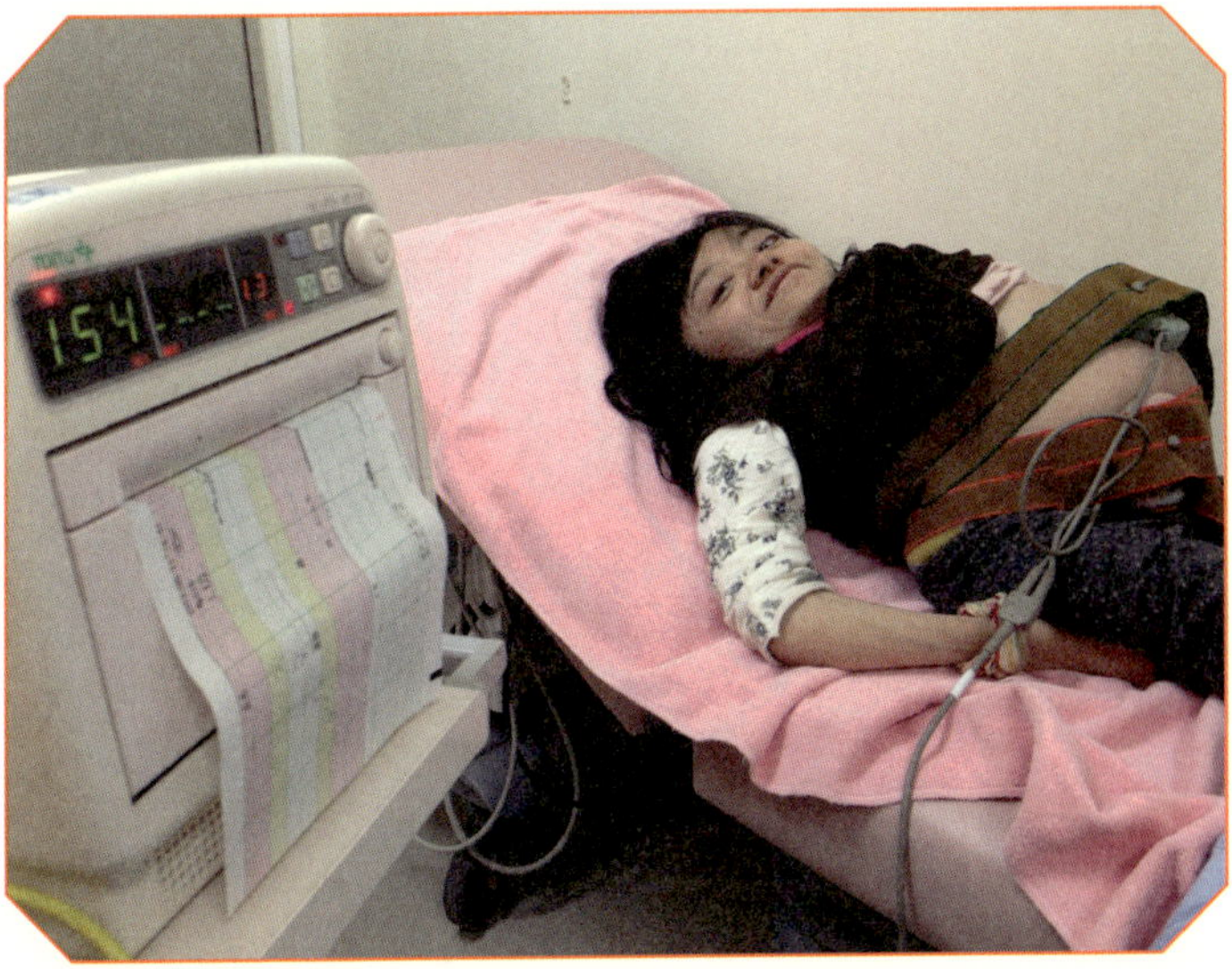

妊娠7カ月の診察。順調に成長する赤ちゃん。こんなに小さい体なのに、赤ちゃんの大きさは平均だなんてびっくりです。

いないかを丁寧に調べてもらいました。

遺伝しているかどうかが心配だったのではなく、遺伝していたときのためのサポート体制が整えられるか不安だったのです。NICU（新生児特定集中治療室）の医師や看護師にも説明し、生まれてからの体制も整えてもらいました。

赤ちゃん誕生！

31週になり、赤ちゃんが生後、肺呼吸をしやすくするための注射《ちゅうしゃ》をしました。35週未満で生まれる赤ちゃんは自発呼吸が難しいことがあるからです。

これでもういつ生まれても、準備はばっちりです！

予想よりも随分《ずいぶん》長く赤ちゃんがおなかにいてくれ、大きくなったので、帝王切開の手術方法も変わりました。当初の予定よりも大きく切らないと、赤ちゃんが安全に取り出せないからです。子宮底部横切開という方法で、日本ではまだ例も少ないものです。2回目の出産では多量出血や、子宮破裂《はれつ》のリスクが高くなり、2人目を考える人には推奨《すいしょう》されない方法でした。

でも当時は、生む子どもは1人だけ、2人目は養子がほしいと考えていたので、それに同意しました。赤ちゃんがなんのトラブルもなく、こんなに大きくおなかの中で育ってくれたことに感謝の気持ちでいっぱいで、安全が最優先《さいゆうせん》でした。

全身麻酔で帝王切開

いよいよ手術、出産の日が決まりました。妊娠35週を迎える2013年7月30日です。妊娠生活があまりにも順調で、体もきつくなかったので欲《よく》が出てきて、「正期産の36週までがんばって、赤ちゃんを保育器に入れることを避けたい」と思ってしまいました。でも、「何かトラブルがあってから出産するよりも、母体と赤ちゃんの状態がいいときに出したほうがいい」と医師に言われ、35週に決めました。ここまでずっと私を支えてくれた医師を信じることにしたのです。

全身麻酔をするので、前日の夜から食事制限が始まります。その晩《ばん》はネットでベビー服を注文したり、沖縄から駆《か》けつけてくれた母がつくった沖縄風クレープ「ポーポー」を食べて過ごしました。

翌日《よくじつ》7月30日、午後1時ごろが手術の予定時刻です。自分のベッドでのんびり待っていると、手が震えてきて、冷や汗が出てきました。何も食べていなかったので低血糖《ていけっとう》の症状《しょうじょう》です。急いで点滴《てんてき》で糖分を入れてもらいました。

前回、流産の手術をしたときに、私の気道確保が難しく、喉《のど》を傷《いた》めてしまいました。首の骨が変形していて、気道も狭いので、管の挿入《そうにゅう》が難しかったからです。でも今回は前もってその点を伝えていたので、問題なくすぐにできました。

全身麻酔の帝王切開での出産でしたが、バースプランに、写真を撮ってほしい、起きたらアロマを焚いてほしい、自分の胎盤を見たいことなどをリクエスト。

そして、午後2時55分、2160gの元気な男の子が生まれました!!

私は全身麻酔で眠ったままでしたが、ご対面です。赤ちゃんは呼吸がまだ十分にできなかったので、保育器に入りました。

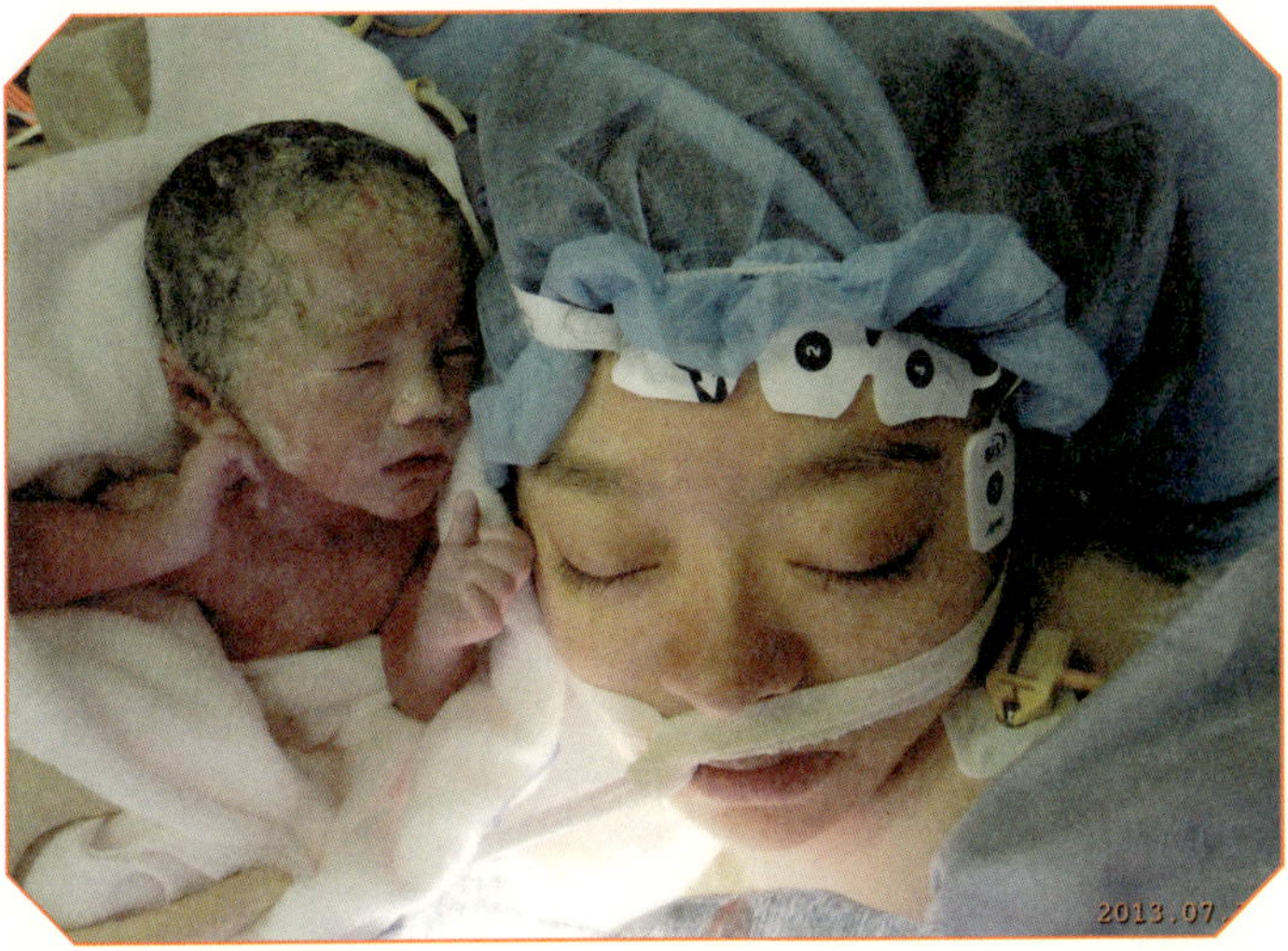

私はまだ眠っていますが、ムスコと初めてのご対面です。

医師と看護師をはじめ、ヘルパーさんや友だち、家族など、たくさんの人の支えがあってここまで来れたのです。言葉にならないくらい、ありがたかったです。

そしてせまいおなかの中でも、賢く、のびのびと成長してくれた赤ちゃんにも感謝の気持ちでいっぱいです。

ここまでよくがんばったね！ ずっと会いたかったよ。これから、楽しいことがたくさんだよ。

最初で最後の出産のはずが……!?

「生むのは1人、あと1人は養子を引き取りたい」

ずっと子育てがやりたいと思っていた私は、運よく妊娠し、無事出産することができました。

でも自分で生めるのは1人だけだと思っていて、妊娠出産は最初で最後の経験だと思っていました。だって身長100㎝、体重20㎏しかない私にとって、子どもを生めることは奇跡だもの。

トラブルが何も起きずに、35週まで赤ちゃんがおなかにいてくれて、元気に生まれて、すくすく育っている。障害もなぜか遺伝していない。予想外に順調なことばかりで、不思議なくらいでした。おっぱいをあげたり、車いすでお散歩したり、離乳食《りにゅうしょく》をあげたり。やってみたかった子育てができ、毎日ありがたかったです。

まさかの2人目妊娠

息子が1歳になった頃、ご飯を手づかみで食べられるようになり、ある程度《ていど》自分で動けるので着替えもさせやすくなりました。あまりにもかわいくて、かわいくて。突然死《とつぜんし》などのリスクが1歳を過ぎると低くなるので、気持ちのうえで一瞬《いっしゅん》落ち着いたのです。

そして「あと1人生むのもいいな、かわいいだろうな」となぜか思ってしまったのです。一瞬の気の迷いのようでした。イヤイヤ期が始まる2歳前だったら、そうは思わなかったでしょう。その後の大変さがまったく予想できていなかった私、甘《あま》かった。

そんな一瞬のすきを狙《ねら》って!? 2人目ちゃんが来てくれました!

しかし、大切なことを忘れていました! 1人目を生むとき、赤ちゃんが長くおなかにいてくれ、大きくなってくれたので、私のおなかを大きく切っていたことを。

当時はあと1人生むとはまったく考えておらず、おなかにいる子の安全だけを考えていたので、その手術法に同意しました。「2人目は養子を考えています」とも伝えたのです。そして2人目を妊娠して、子宮底部横切開だったことを思い出した私。そんな楽観的な自分に、我《われ》ながらびっくりです。でも忘れていたからこそ、すぐに来てくれた2人目ちゃん。前に進むしかありません。

信頼できる医師にふたたび

1人目のときと同様、何カ月まで赤ちゃんがおなかにいられるかわかりません。NICUが整った病院で、信頼できる医師のもとで生む必要がありました。

前回は香川県で生みましたが、神奈川県に引っ越してきたので、新しい病院を探さないといけません。本当にラッキーなことに、神奈川県でいちばん大きな、周産期医療が整った病院が自宅の近くにあり、そこへ通うことになりました。

「子ども好きだから、2人目もあるかもしれないと思っていたんですよ！」

香川県で担当してもらった医師に、2人目の妊娠を伝えるとそう言われてしまいました。嬉しいやら、恥ずかしいやら。

香川県の医師と神奈川県の医師が連絡を取り合い、前回を参考にしながら経過を見ていきました。今回はよりリスクが高まるので、さらなる経過観察が必要です。

医師も看護師も、どっしりと構《かま》えてくれ、「やめておいたほうがいいですよ」「心配です」と言われることは一度もありませんでした。いつも、「やれるところまでやってみましょう。丁寧に見ていきます」と言ってくれました。

1人目と違って、2人目はつわりが重く、1日に10回くらいトイレにこもる日々。まだ1歳の息子《むすこ》（以降《いこう》「ムスコ」）もいるのでゆっくり休むこともできません。ヘルパーさんにいてもらう時間を増《ふ》やし、私とムスコの2人きりで過ごす時間を少なくしました。

つらかったのが、ムスコが毎朝5時半に起きること。パートナーは夜勤生活で、朝はまったく起きてきません。保育園にも入れられなかったので、一時保育をできる限《かぎ》り利用

2015年のゴールデンウィークに息子と。2人目が妊娠6カ月のときです。

し、ヘルパーさんや友だちにも、なるべくたくさん来てもらうようにしました。

「リスクが高いので無理は禁物《きんもつ》」それをいつも心に留《と》めていました。自分でできるけれども体に負担がかかること、たとえば落とした物を拾うことでもなるべく人にお願いするようにしました。

たくましい女の子誕生

おなかの中ですくすくと成長する2人目の赤ちゃん。女の子とわかり、ますます楽しみでした。

順調に成長する赤ちゃんの大きさの割合《わりあい》は、私の小さな体からすると、けっこう大きいのです。体のバランスを崩《くず》しやすく、転ばないように気をつけました。

ムスコは私の膝《ひざ》に座って甘えてくるし、車いすにも乗っかってきます。疲れていても、眠たくても、簡単には休めません。毎日がギリギリ。無理は禁物と思っていても、なかなか休めない育児と妊娠生活。

待機児童問題でムスコは保育園に入れず、私の入院は目前。不安もありました。でも赤ちゃんはなんのトラブルもなく、無事妊娠後期を迎えることができました。

妊娠31週で管理入院することに。私の両親が沖縄から来てくれ、ムスコの面倒を見てくれました。入院して、これでゆっくり休める！と思ったものの、ムスコに会えないのが寂《さび》しくて寂しくて。ダラダラするのも3日で飽《あ》きてしまいました。

しかもムスコは、私が入院する1週間前、やっと保育園に入園できたのですが、彼にとってはママがいない家も保育園も新しい環境《かんきょう》。私が入院した日には、発熱し、食欲もなかったそうです。でもムスコの力を信じて、お互《たが》いがんばるしかありません。

幸い、病院は自宅から車で10分の距離だったので、週2回、ムスコがお見舞《みま》いに来てくれ、週1回は私も自宅で過ごすことができました。

元気いっぱいの女の子

入院から約1カ月後の35週、8月3日が帝王切開の日になりました。ムスコの誕生日は7月30日なので、4日違いです。

前回と今回では手術法がまったくちがい驚きました。麻酔がなるべく赤ちゃんにいかないように、おなかの消毒や、尿《にょう》の管を入れるのも、麻酔をかける前にやることに。いままでの手術では、それらは麻酔のあとにやっていたので、その痛みは初体験。

そして全身麻酔がかかって、ほんの数分で赤ちゃんが誕生！

2回目の帝王切開なので、前回よりも大きく切るだろうと思っていたのですが、前回の半分の長さしか切らなかったのです。心配していた出血もそれほどなく、トラブルは何も起きませんでした。麻酔が覚めた瞬間、前回よりも体が軽く、びっくり！　帝王切開一つをとっても、こんなにも違うのかと驚きました。

ムスコとまったく同じ重さの、2160gで生まれた娘《むすめ》（以降「ムスメ」）。早産にもかかわらず、呼吸器もつけずに元気いっぱい。

出産翌日から「母子同伴《どうはん》できますよ」と言われたのですが、帝王切開のダメージが大きく休みたかったので、しばらくNICUにいてもらうことにしました。本当に元気な子で、予想の半分の約2週間で退院できました。

生まれながらに元気で強い彼女《かのじょ》。3歳になったいまも、本当にたくましいのです。大きくなったら、アンパンマンとおすもうさんになりたいそうで、理由を聞くと「だっておもしろそうなんだもん！　強そうなんだもん！」と。強さに憧《あこが》れるレディです。

パートナーに産休を取ってもらったはずが……

パートナーは1人目の出産のときには、生まれた日も仕事をしていたので、2人目は1週間、産休を取ってもらいました。帝王切開後で、ごはんを食べるのも、トイレに行くのもきつい私に病院で付《つ》き添《そ》ってくれました。

産後1週間で私は退院したのですが、なんとその直後に1週間、風邪《かぜ》で寝込んだパートナー……。

「休みたいのは私だよ！　なぜこの大変なときに!?」

ムスメが退院してきて、家族４人での生活が始まりました。写真はちょうど生後 100 日。2人育児がこんなに大変だとは…！

私は3時間おきに搾乳《さくにゅう》し、1日1回、病院にいる赤ちゃんに母乳《ぼにゅう》を届けないといけません。ママがいない1カ月を乗り切ったムスコのこともケアし、十分に甘やかしたいのです。でもまずはパートナーを甘えさせ、休ませる必要があるのでしょうか……?

でも、産後にパートナーが寝込むのは、世界共通のようで、国内外の友だちから「私の夫も寝込んだよ」と聞きました。パートナーもがんばっていたのだとは思うのですが、なんだかなぁ……。

というわけで私はまったく休めず、0歳児と2歳児の2人、2歳差育児が始まったのです！

COLUMN 1

おすすめの絵本

おばけやしきへようこそ　ストリード／エリクソン（偕成社）

森で道に迷った女の子がたどりついたのが、一軒の大きなおやしき。魔女や怪獣、幽霊など、こわくて、不気味なものがたくさん。それをかわす女の子がとっても賢くて、かわいい！　我が子たちのお気に入りで、何度も読んでいます。お化けネタって、子どもたち、大好きですよね。

みえるとかみえないとか　ヨシタケシンスケ／伊藤亜紗（アリス館）

宇宙飛行士の主人公は、目が3つある宇宙人の星へやってきます。「うしろが見えないなんてかわいそう」「うしろが見えないのに歩けるなんてすごい」といろいろ言われるのです。人はそれぞれ違って当たり前。だからこそ違いを感じて、違いを楽しむ。私の毎日にもあてはまるお話。子どもだけでなく、大人にもオススメです。

むしのもり　タダサトシ著（小学館）

虫の話はあまり興味がなかったのですが、これはすごい！　作者の虫への愛が、お話からも、絵からも伝わってくるのです。虫ってこんなにかわいいの!?　自然の中で遊ぶって気持ちいいね、とほっこり幸せになるのです。

温かい季節が待ち遠しくなり、虫が苦手な私も、虫探しに出かけたくなります。

バムとケロのさむいあさ　島田ゆか（文溪堂）

食べ物がたくさん出てくる、お気に入りのバムとケロシリーズ、その中でもいちばん好きな「さむいあさ」。愛嬌たっぷり、やんちゃなケロが愛おしくて、ムスコもこんなふうに育ってくれたらいいなと、2歳のときから読んでいます。またカイちゃんのマイペースぶりがかわいくて、まるで我が家のムスメのようです。ミニサイズもあるので、贈り物としても喜ばれます。

タンタンタンゴはパパふたり　ジャスティン・リチャードソン（ポット出版）

アメリカのセントラルパーク動物園であった本当のお話。オス同士のカップルのペンギンが、もらった卵をあたためて、赤ちゃんが誕生、子育てする話です。いろいろな家族のカタチがあって、どんな愛もすばらしい！　子どもに伝えたいことが、スゥーっと伝わる一冊です。絵がとっても素敵なところもお気にいりです。

おいしいぼうし　シゲタサヤカ（教育画劇）

ある朝、おじいさんとおばあさんが、ベトベトした、甘いにおいの茶色い物を発見。一口食べると、あらおいしい。夜には全部食べきったのですが、それを落とした人が表れる！　ハラハラ、ワクワク！　嘘をつき通しているのだけど、誰も傷ついていない。きれいごとでは済まないことが、現実にもたくさんありますよね。考えれば考えるほど奥が深いです。そしておいしいものに人は弱いな、とつくづく感じます。

第2章

歩けなくても
大丈夫、
違っていても
大丈夫

春生まれなのに「夏子」のワケ

私は骨が折れやすい障害《しょうがい》があります。「障害」と「病気」のちがいは、治るか治らないか。私の場合「障害」なので、治ることはありません。

でも薬を飲んだり、リハビリをすることで、骨が折れにくくなるという人もいます。私はその薬の副作用も心配なので、飲んでいません。

リハビリもやりすぎると骨折《こっせつ》につながるし、一般的《いっぱんてき》にいいと言われている体の動かし方が、私の体には合わないことも多いのです。

私に障害があるとわかったのは、生まれてすぐのこと。

今年37歳《さい》になる私は、1982年4月27日、沖縄《おきなわ》本島の北、名護市《なごし》にある病院で生まれました。普通《ふつう》の赤ちゃんは生れてしばらくすると、泣き疲れたり、おっぱいを飲んで満足して、スヤスヤ眠るそうなのですが、私は一晩中泣き続けました。なかなか寝ないので、おかしいと思った医師《いし》が検査《けんさ》をすると、なんと、右足も左足も骨が折れていたのです。さらには、頭の骨もほとんどつくられていませんでした。

はじめは病名がわからず、医師は両親に、「どれくらい命が持つかわからない。覚悟《かくご》していてください」と伝えました。

当時9歳だった上の姉は、そのときの父の様子が忘《わす》れられないそうです。

「お父さんが、病院の廊下《ろうか》のいすに、頭を抱《かか》えて座っていて……あんなに暗くて、沈《しず》んだお父さんを見たのは初めて」

いつまで生きられるかはわからないけど、沖縄の夏の太陽のように、元気に生きてほしい、夏までは生きてほしい、そんな思いを込《こ》めて「夏子」と名付けられました。春生まれなのに「夏子」になった、誕生秘話《たんじょうひわ》です。

病名がわからないまま入院し、1カ月が経ったころ、県外から沖縄に、骨の専門《せんもん》の医師

生後3カ月で退院して、初めて姉2人と父と一緒に撮った写真。それまでの写真がほとんどなく、きっと大変だったのでしょう。

が来ていると聞きつけ、受診《じゅしん》しました。そこで初めて私の障害が「骨形成不全症《ふぜんしょう》」だとわかったのです。命に別《べっ》状《じょう》はないということを知り、1カ月間ずっと不安を抱えていた両親は安心したそうです。

私は生後3カ月間入院し、やっと7月から家での生活が始まりました。

オムツを替《か》えるために親が足を持ち上げただけで、骨折してしまう。抱《だ》っこも、お風呂《ふろ》も、骨が折れないよう気を使ったそうです。

伊是名ファミリー自由度高し

ハイヒールでコツコツ音を鳴らして歩いてみたい！

歩けない私は、ときどきそう思うことがあるけれど、だからといって歩ける人がうらやましいと思ったことがあまりないのです。

だって、障害がなくて歩ける2人の姉たちにも大変なことやつらいことがあるようで、歩けるからといってそれほど楽な毎日というわけではなさそうだったからです。

9歳離《はな》れた姉とは、小さいときは一緒に遊んだ記憶《きおく》があまりないのですが、お菓子《かし》の取り合いをよくしていました。

私が10歳のときに姉は東京の大学に進学し、それからは一緒に住んでいませんが、おかげで毎年夏休みには姉を頼《たよ》って東京に遊びに行くことに。「サンリオ」のキャラクターが好きだった私は、『いちご新聞』を愛読していて、私にとって東京といえば「サンリオピューロランド」。姉が上京したとき、真っ先に連れていってもらいました（東京に着いてすぐに骨折し、痛みをこらえながらの初ピューロランドでしたが……）。

長女である姉が東京に進学してくれたおかげで、この世には沖縄以外の場所があって、そこにはいつでも行ける、と思っていました。私の世界を広げてくれたのが姉なのです。また後々、姉の子どものお世話をすることで、自分にも子育てができると思えたのが本当によかったです。

いちばん仲良し、3歳上の姉

3歳離れた姉とはいつも一緒に過《す》ごしていました。

公文《くもん》や習字教室、ピアノ教室にも一緒に通っていて、小学校入学前まで車いすを使っていなかった私は、行き帰りは抱っこをしてもらっていました。電信柱で、姉と友だちがじゃんけんして、負けた人が私を抱っこするのです。

私は幼稚園《ようちえん》、保育園《ほいくえん》に通っておらず、友だちがほとんどいなかったのですが、姉の友だちが私の友だち同然。いつも一緒に遊んでいました。姉と遊んでいて骨折したことはよくあったし、入院するといつもお見舞《みま》いに来てくれました。子ども時代、いちばん長く過ごした人です。

姉は裁縫《さいほう》をはじめ、細かい作業が苦手。姉の家庭科の宿題のエプロンは私が縫《ぬ》っていたし、姉がバレンタインにつくったお菓子のラッピングも私がしていました。歩けてもできないことはたくさんあるし、歩けなくてもできることがたくさんある。そのことを気づかせてくれたのが姉でした。

その姉も東京の大学に進学したので、私も同じように東京に進学するものだと思い込んでいました。

父は高校の英語の教師をしていました。でも、骨折や入退院を繰《く》り返《かえ》し、保育園、幼稚園に通えなかった私のために、夜間の高校へ移り、日中はずっと私と2人で過ごしていました。だから私はパパっ子でファザコン！　父は私がお願いしたことは、いつでも最優先《さいゆうせん》してくれました。

父は我《わ》が子《こ》だけでなくとにかく子どもが大好きで、地域《ちいき》の自治会の子どもを集めて、ラジオ体操や盆踊《ぼんおど》りを運営《うんえい》するリーダーでもありました。日中学校をさぼり、裏道《うらみち》で煙草《たばこ》を吸っている中高生のヤンキーを見つけると、必ず声をかけ、叱るのです。私を肩車《かたぐるま》しながら怒り出すので、私はとっても怖かったです。

地域のつながりを大切にする父のおかげで、地域にも私の居場所《いばしょ》がありました。

家庭科の教師をしていた母は、おしゃれが好き、お料理が好きで、夢《ゆめ》の国で生きているような人です。私の車いすには、小花柄の布にひらひらレースをつけて、オリジナルのカバーをつくってくれました。

お正月、桃の節句《せっく》、七夕、クリスマスなど、季節ごとに手づくりの飾《かざ》りで家中を彩《いろど》り、料理もプロ並みです。母の料理のレパートリーが増えるたびに、食器も増えていきました。お客さんが多い我が家、みんなが母の料理や作品をほめていて、私にとっては自慢《じまん》でした。

でもそんな母は自分のやりたいことを優先しがちで、私が食べたいものや、お願いしていたことを、簡単に変更《へんこう》してしまう人でもありました。私が怒っても、母は聞く耳を持ちません。

そして、障害のある私を育てていたのに、母が大変そうなところを見たことがありません。いつも自由で自分がやりたいことをやっていて楽しそう。そんな母の姿勢《しせい》を尊敬《そんけい》しています。

二世帯住宅《じゅうたく》の2階に住んでいて、1階は父の両親である祖父母《そふぼ》と、叔父《おじ》が住んでいました。祖父母も教員をしていたので、退職しても、同僚《どうりょう》や教え子など、たくさんの人たちが家に遊びに来ていました。

叔父は体が弱く、人工透析《じんこうとうせき》をし、ペースメーカーを入れ、入退院を繰り返していました。字の読み書きもあまりできませんでしたが、保育園や幼稚園に通っていなかった私は、叔父が大好き。親友のようでした。一緒にテレビを見たり、草花の苗《なえ》を育てたり、ゲームをしたり。新発売のお菓子やジュースがあるといつも買ってきてくれ、2人で食べていました。

おしゃべり大好きな「なっちゃん」

まわりにいる大人たちはいつも私を「おしゃべりが上手だね」「頭がいいね」とほめてくれました。体は小さいのに、一丁前に話し、ちょこちょこと動いて自分の身の回りのことはするので、まわりからすると予想外。びっくりして、ほめてくれたのかもしれません。お出かけをしてもあちらこちらで両親・祖父母の知り合いに会い、私を応援《おうえん》してくれる人がたくさんいました。「歩けなくてかわいそう」と思う人もいたでしょうが、私はほめられることが嬉しくて、それを信じ切っていたのです。本当にラッキーな環境《かんきょう》でした。

一緒に住む叔父にも障害があったし、近所にも自閉症《じへいしょう》をはじめ、障害のある人がいました。地域の行事では父がリーダーなので、私ももちろん参加するし、他の障害のある人も参加していました。

また障害があると、受け入れてもらえる塾《じゅく》やお稽古《けいこ》ごとを探すのが難しいとよく聞きますが、私の場合、知り合いが経営《けいえい》していたり、姉がすでに通っていたりしたので、私も受け入れてもらえました。ピアノや習字、公文やお茶、いろいろ通っていました。

差別のような経験はあったとは思いますが、歩けない私を受け入れてくれる環境が必ずあったのです。家にも地域にも自分の居場所があったおかげで、どんなことがあっても大丈夫と思えるようになったのでしょう。

近所に受け入れられて過ごしていた私のエピソードを一つ、紹介《しょうかい》します。仲良くしている近所の家族と、海にいくことに。ところが、状況的に連れていけるのは姉か私か1人だけ。友だちの両親は、私を選んで連れていってくれたのです。

その話を大人になって聞いたとき、私はとてもびっくりしました。障害のある私を、近所の人がわざわざ海に連れていくだなんて！　でもそれが当たり前だったのです。

「障害者」として見られると、「どうやってつき合ったらいいかわからない」「何か起こったら大変」と思われてしまうことがよくあります。でも私の場合「伊是名さんちの三女」

として見られることが多くて、障害はあるけれど、できることをやってみましょう、と自然に受け入れてくれる人が多かったのです。

そして私自身も、自分を「障害者」として見るのではなく、歩けないし、骨折もよくするけど、できないことは工夫《くふう》しながら乗り切れると思っていました。まわりからほめられたとき、相手はお世辞で言っているかもしれないのに、素直《すなお》に喜ぶ単純《たんじゅん》さもよかったかもしれませんね。

歩けなくても大丈夫、ちがっていても大丈夫。子ども時代にそう思えていたことは、本当に恵《めぐ》まれていました。

どんな子どもにも大切な3つのこと

実は、私は講演会《こうえんかい》でもコラムでも、自分の生まれ育った家族のことはあまり話したり書いたりしないようにしてきました。私は環境的にも、経済的《けいざいてき》にも、とても恵まれていたと自覚しているからです。そんな私の話をしたところで、だれかの参考になるとは思えませ

8歳のときのお正月に家族みんなで。私はおばあちゃんっ子で、おばあちゃんに「あーん」をしてもらわないとごはんを食べない子でした。

んでした。また自慢をしているようにとらえられて、批判《ひはん》を受けるのも怖かったです。

ただ、私が育った環境、「ほめてもらえること」「信頼《しんらい》できる大人がいること」「地域のあちらこちらに受け皿があること」は、どんな子どもにとっても大切なことで、自分の子育てで大事にしたいところだと気づいたのです。

子どもが生きやすい社会こそが、幸せな社会。骨折や入退院を繰り返しても、幸せで、楽しかった私の環境について、家族について紹介することにしました。

尽きない骨折エピソード

成長はゆっくりでしたが、寝返りができるようになり、一人で座れるようになり、自分でハイハイしたり、ときには数歩歩くようにもなりました。

とにかく口達者で、よくしゃべる私。動けない分、それを口でカバーしていたのでしょう。どんな人でも、得意と不得意は背中《せなか》合わせ。苦手なことがあるからこそ、秀《ひい》でたところがあるのです。

我が家は2階建ての建物の2階に住んでいて、外階段しかありません。お出かけをするには、親や姉に抱っこをしてもらわないといけませんでした。でもときには自分一人で、手すりを伝い歩きしながら、一段一段、降《お》りることも。

子どもは「じぶんでやる！」と言って、大人の目を盗《ぬす》んで新しいことをやるのが大好きですよね。私もまさしくそうで、やれることはやってみたいと思う普通の子どもでした。

ある日のこと、母が階段掃除《そうじ》をしているときに、下に降りたくなった私。濡《ぬ》れていることを気にせず、手すりにつかまって階段を降り始めました。しかし数段目で転んで、見事に骨折！ ちょうど家族旅行の前日だったので、その悲しかったこと。母と私だけは家に残り、父と姉2人が旅行に行きました。

骨折エピソードはまだまだ尽きません！ 姉におんぶをされて階段を上がっているとき、2人で笑い転げて、背中から落ち、骨折！ ゲームセンターのワニ叩《たた》きゲームに熱中し、一生懸命《いっしょうけんめい》叩いていたら、ボキッ。ファーストフード店のソファで、つるっとすべって転んで、ボキッ。姉と友だちと一緒に、立ち入り禁止《きんし》の空き地で親に内緒でのら猫を飼っていて、フェンスの柵《さく》を越えるときに転んでポキッ。

日常《にちじょう》生活の中で、簡単に骨折してしまう私。もちろん痛かったけど、それが当たり前でした。だから骨折が治ればまた姉に抱っこされていたし、階段を一人で降りるときもありました。さすがにワニ叩きゲームはやめましたし、骨折が治ったときには猫はいなくなっていたのですが。

家に階段があるのは不便でしたが、今でも階段がある場所でも遊びに行きたいと思うのは、不便な環境で育ったおかげとも言えます。バリアのある家に育ったからこそ、このバリアだらけの世の中でも楽しさを見つけることができるのです。

「骨折しても泣かない」と決意

骨折したときに、どうやったら痛みを減らせるかも、小さいときからの最大のテーマで、まさしく死活問題でした。

骨折したときに泣くと、体が振動《しんどう》するので痛みが大きくなるとわかったのです。だから、骨折をしても泣かない！と決めました。7歳のときでした。

そんなある朝、歯磨きをしようとしていすに乗ろうとしたとき、すべって転んで、腕の骨を折ってしまったのです。その痛みから、すぐに骨折だとわかったので、泣かずに、親に「骨が折れたので、病院に連れていって」とお願いしました。しかし私が冷静なので、両親は「あまり痛くなそうだから、しばらく様子を見よう」と言って、私をソファに座らせたのです。

泣かないことは、痛みを減らす作戦としては成功だったのだけど、親の反応によって失敗とも言える結果に!?「絶対にこれは骨折だから！　病院に連れていって。お願い!!」と何度も〃冷静に〃伝え、「そんなに言うなら試《ため》しに連れていってみようか」と病院へ。

レントゲンを撮ると、もちろん、ポッキリ折れていました。やっと骨折が確定《かくてい》です！　レントゲン写真を見た母は「あら、キレイに折れてるわね」と一言。

あきれた私は「骨折だってはじめから言ってたよ！　レントゲンではなく、私を信じてよ!!!」と怒りました。声を荒《あら》らげると、骨折したところが痛いので、〃冷静に〃ね。

プライドが高い!? 4歳児

生後3カ月で退院してからの私は、骨を強くする注射《ちゅうしゃ》を毎日打つことになりました。共働きの両親は、私を毎日病院に連れていくことができなかったので、最初の1年は親が自宅で注射を打つことに。その後は都心に引っ越し、父が夜間高校の勤務《きんむ》にかわったので病院で受けました。

副作用がきつい薬で、注射の後、2、3時間は吐き気がし、体が熱くなり、ぐったりします。成長に合わせて薬の量を増やすと、すぐに吐いてしまう。

保育園や幼稚園に通っていなかった私は、日中は父と過ごしていました。でも4歳のとき、家の近くのベビーセンター（一時預かり保育所）に通うことになりました。

初日は友だちとおままごとをし、お昼ごはんを食べ、お昼寝をし、父が迎《むか》えに来て、楽しく一日を終えました。

しかし、2日目にトラブルが発生！　ベビーセンターに行く前に、恒例《こうれい》の注射を打ち、10時ごろベビーセンターに着きました。友だちと楽しく過ごしながらも、注射直後で少し気分が悪い。11時半ごろお昼ごはんにカレーが出されたので、食べたのだけど、さらに気分が悪くなっていく。

どうにか眠ったのだけど、起きて大変なことに！　下痢《げり》になっていたのです。恥ずかしくて、恥ずかしくて。大泣きしながら、先生に「お父さんに電話する」と訴《うった》え、すぐに迎えに来てもらいました。

注射後の2時間は気分が悪いので、普段なら絶対にごはんは食べません。それに気づかずにご飯を食べてしまったことを後悔《こうかい》。もちろんみんなが食べているので、自分だけ断《ことわ》ることはできなかったと思うのですが。

お漏《も》らししたのがあまりに恥ずかしくて、もう二度とベビーセンターには行かないと誓《ちか》いました。プライドが高い、頑固《がんこ》な4歳児！　自分でも笑っちゃいます。

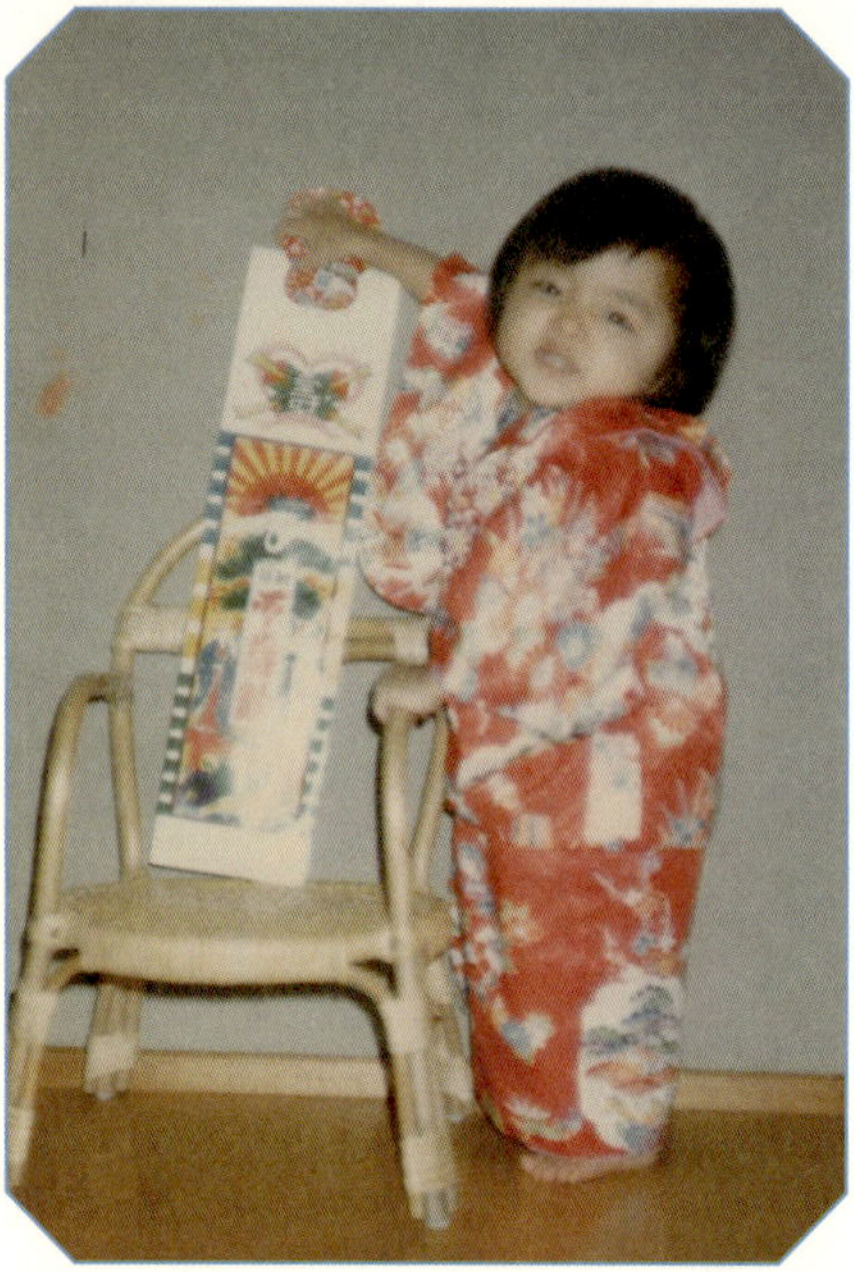

5歳の七五三。とにかく頑固で、笑ったり泣いたり、にぎやかな子。「小さくて姿は見えないのに、声は聞こえる」とよく言われました。

かたくなに拒否《きょひ》する私を、無理やりベビーセンターに連れていかなかった両親には感謝《かんしゃ》です。

また両親は、「歩く練習をして、骨折するくらいなら、歩かなくていい」と、リハビリを強くすすめることもありませんでした。おかげで歩けることをうらやましく思わなかったのです。

「できない」から工夫する

注射の副作用は、いま思うと、相当きつかったです。移動中《いどうちゅう》の車で吐いたことも何度もあって、何も袋《ふくろ》がなくて、父が被《かぶ》っているキャップ帽《ぼう》に戻したことも。父はいつでもキャップをかぶっているのですが、それが役立ちました！

そんな生活が当たり前だったので、やりたいことをあきらめていては何もできません。だから、「どうやったらできるか」をいつも考えていました。

注射の時間から逆算《ぎゃくさん》して、ごはんを食べる時間や、遊ぶ時間を自分で調整していました。また骨折をするとたいてい1週間はまったく動けず、布団《ふとん》の上で安静です。手術のために入院すると、ほぼ1カ月ベッドの上で過ごします。だから、動けなくてもどうやったら楽しく過ごせるのかを考えるのです。

家にいるときは、まずはテレビのリモコン、ビデオのリモコン、エアコンのリモコンを手の届《とど》くところに置きます。さらに好きな本や折り紙、飲み物、お菓子、ティッシュ、ごみ箱、コードレス電話をそろえます。ちょっとでも置く場所がズレてしまうと、届かなくなるので、置き方は重要です。袋にまとめて入れるのも便利です。

もし取れないものや、できないことがあったら、人が来るのをひたすら待ちます。そして誰かが来たときに、トイレに連れていってもらったり、お菓子を棚《たな》から取ってきてもらったり、新しいビデオを借りてきてもらうのです。

自分のできること、できないことを考え、どんな助けが必要かを考える。動けなくても、やりたいことをやるために、計画を立てるのが得意になりました。もちろん、助けてくれる家族や親戚、友だちなど、信頼できる人、力になってくれる人がいたからなのですが。

6歳のクリスマス直前、骨を支えるために入れていた足の針金《はりがね》を入れ替える手術をし、

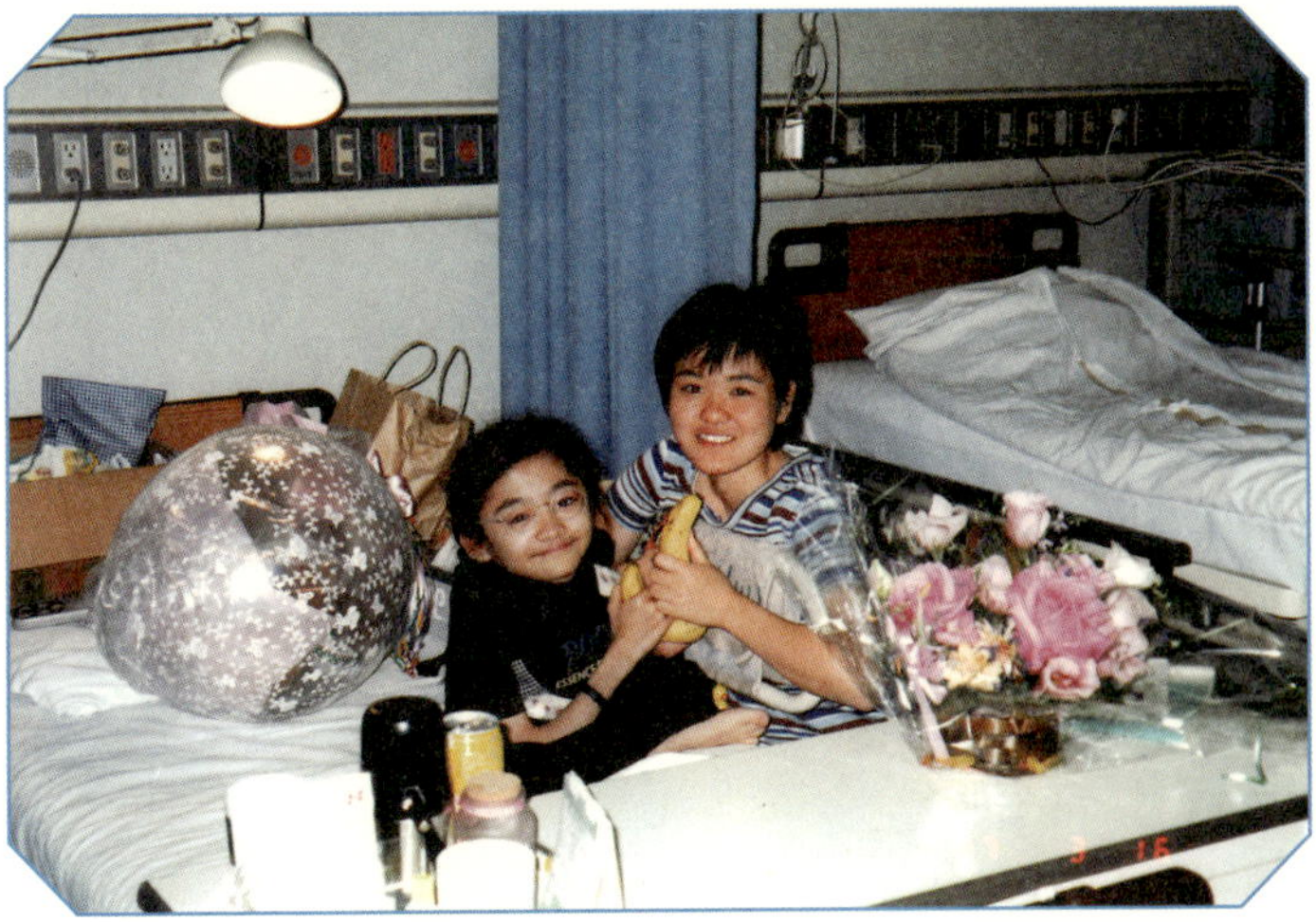

中学生のとき、入院中の私。お見舞いにきてくれた姉と。毎日たくさんの人がお見舞いにきてくれました。

1カ月入院したときのことです。家の近くにショッピングモールができ、そこがどんなに楽しいところか、お見舞いに来る家族から毎日聞いていていました。つらい手術も、痛みも、退院してそこに行くことを楽しみに乗り切りました。

そして、なんと退院したその日、家に帰る前に行くことに。

お店の中は床が平坦《へいたん》で、車いすでもラクラク動けます。普通の道だと、ちょっとした段差やこう配があるので、車いすにとっては大変です。買い物も楽しかったけれども、それ以上に自分で自由に動けることがとても嬉しかったのです。

普通高校に行きたい！

小学校・中学校の9年間は、家から車で15分の養護学校（現：特別支援学校）に通っていました。いろいろな障害のある友だちがいて、人は一人ひとり違う、それぞれにできることをやる、というのが当たり前でした。先生方もたくさんいて、大人の手は十分にあるし、恵まれた環境でした。

でも私のように教科書を使って勉強する人が少なく、授業《じゅぎょう》はほとんど私一人だけ、もしくは転校生が来て2人だけで受けていました。寂しかったです。

たくさんの友だちと一緒に授業を受け、ときには居眠りしもしてみたい。休み時間や放課後にはおしゃべりしたり、友だちと寄り道をしたりすることに憧《あこが》れていました。

だからこそ高校はどうしても普通高校に進学したかったのです。

私が行きたかったのは沖縄県立首里《しゅり》高校。県内で最も古く、歴史ある学校で、5階建ての校舎《こうしゃ》には階段しかありませんでした。繰り返し増築《ぞうちく》されているので、同じ階を移動するのにも階段があります。

建前の理由と本音の理由

両親をはじめ、学校の先生方は猛反対！

車いすなのに階段だらけの高校へ進学するなんて！　「バリアフリーの高校に行ったら？」「高校までは養護学校に進学したら？」と言われました。

毎週のように校長室にも呼び出され、「どこの高校に進学するか決めましたか？」と聞かれ「首里高校です」と答えたら「もう一度考え直してみてください」と帰される。

進路の話題になるたびに、担任《たんにん》だけでなく、他のクラスの先生方も全員が、怒ったように、困ったように「やめておきなさい」と言うのです。居心地が悪く、そんな時間が早く終わってくれないかな、と内心思っていました。

どうしてそんなに首里高校に行きたかったか?

姉も通った高校で、憧れのセーラー服だったから。1学年11クラスあって友だちがたくさんできるから。勉強だけなく、部活も盛《さか》んで、いろいろ挑戦《ちょうせん》できるから。

というのは建前の理由。動機の50%くらいです。

あとの半分は当時好きだった男の子が、首里高校に進学すると聞いたからです。

彼と一緒の高校に行きたい!

でもそんな理由、親にも先生方にも言えるわけありません。ましてやその男子に想いがバレることだけは避《さ》けたいのです。建前の理由をもっともらしく伝え続けました。

応援してくれた塾の友だち

唯一《ゆいいつ》、首里高校への進学を応援してくれたのは、小学5年生から通っていた学習塾の友だちと、先生でした。「一緒に首里高校に行こう。階段は抱っこをするよ」と言ってくれていたのです。

5年間通った学習塾の合宿。先生と友だちが、普通高校への進学を応援してくれました。

塾も2階にありました。塾に入るのも、トイレに行くのも、いつも友だちが抱っこをして手伝ってくれました。だから高校生活もこれで乗り切れると思っていたのです。

そしてバリアがあるのが当たり前の世の中なのだから、あえて階段のあるところに行って、友だちに助けてもらう経験、サバイブする技術《ぎじゅつ》を身につけたいとも思っていました。

心はキュンキュン、青春の高校生活を送るのよ！という思いを胸に秘《ひ》めながら、まわりへ説得を続けました。

憧れの高校へ入学

まわりに反対されればされるほど、勉強のやる気も、秘めた想いも熱くなります。親も先生方も、一向に聞く耳を持たない私についに折れ、受験をさせてくれることになりました。

受験の面接《めんせつ》の日、実は骨折をしていた私。でも骨が弱いという印象を持たれたら落とされてしまうかもしれないと思い、痛い手で車いすをこぎました。

そして……念願の合格《ごうかく》！

私の入学に合わせ、車いす用トイレが設置《せっち》されました。

でもいちばんの問題はやっぱり階段の移動。そこで各階にかき集めた古い車いすを1台ずつ置き、私だけを抱っこして、移動してもらうことにしました。これだと車いすを運ぶ手間が省けます。

入学して初めての移動教室は2階の生物教室。後ろの席に座る、知り合ったばかりのクライメイト2人に「次の移動、階段の抱っこをお願いできないかな？」と声をかけました。すぐに引き受けてくれ、1人の友だちが私を抱っこして階段を上がり、2階の車いすまで移動しました。あと1人の友だちには教科書や筆箱などの荷物を、私の分と、抱っこをする友だちの分を持って移動してもらいました。休み時間内での移動を無事クリア！

移動教室を重ねるごとに、私が声をかけなくても、まわりの友だちが「次どうする？」「一緒に行く？」と聞いてくれるようになりました。

みんなが同じ場所で過ごせた3年間

首里高校は当時1学年11クラスで、従来3年生は4、5階をホームルーム教室として使うことになっていました。ところが、なんと私の学年は3年生全員、1、2階に配置されたのです。いままで続いてきたクラス配置を、車いすの私のために、便利で安全であるように、変えてくれたのです。しかも私のクラスだけでなく、学年全員一緒に。

いま、「みんなちがって、みんないい」とよく言われます。たしかにちがいを認めるこ

高校生のころ、放課後に親友とケーキを食べに。ずっとしたかった寄り道ができるようになりました。

とは大切です。でも、その人だけを切り離して必要なサービスを受けられるようにしがちです。

でも、もしあなたが、自分だけ隔離《かくり》されたらどうでしょう？　分けられたままだと、お互《たが》いのよさに気づく機会なんてありません。「みんなが同じ場所で、一緒に過ごす」ことで初めて、「みんなちがってみんないい」を感じることができるのです。

だからこそ、私のクラスだけを移動させるのではなく、学年全員のクラスを1、2階に配置した首里高校の配慮《はいりょ》は、ありがたかったです。

みんな当たり前に助けてくれた高校生活

高校3年間、車いすではできないことも、やりやすい方法に変えたり、まわりに助けてもらいながら、いろいろ挑戦しました。

その一つが運動会のフォークダンス。車いすではできないスキップの代わりにお互いの手を叩いたり、手をつなぐ代わりに車いすを押してもらったり。動作は異《こと》なっても、リズムと楽しさは同じ！

運動会当日は、どの男子とペアになるかわからないので、練習のときから、私のグループの男子約30人は全員、私用の踊りと、普通の踊りの2つを覚えました。

障害があると「特別な配慮はいいこと」と思われて、前もってペアの人や助ける係の人を決めがちです。でもそれによって、フォークダンスでみんなが味わう「誰に当たるかわからないドキドキ感」が奪《うば》われたり、わざとらしくなったりします。またペアの人が不在《ふざい》だと、障害のある人は取り残されて、何もできなくなることだってあります。

「誰とでもペアになれること」は、当たり前のことのようですが、障害があるとなかなか体験できないことなのです。

階段だらけだから深まる絆

運動会の練習は、毎回校舎から約2㎞ほど離れたグラウンドであり、友だちと移動をしていました。ある日、私の担任は、他の先生から「夏子さんを車で送迎《そうげい》しなくていいの？」と聞かれて初めて、私が車いすを使っていることを意識したそうです。

あまりにも、私がクラスに溶《と》け込《こ》んでいて、まわりの友だちが手を貸すのが当たり前で、移動が大変だとは思いつかなかったようです。私自身も、みんなが移動するなら、私が取り残されることはない、どうにかなると思っていました。

移動を手伝ってもらう一方で、私が友だちに勉強を教えたり、友だちから相談を受けることもよくありました。

車いすだろうと掃除をさぼったら叱られたし、友だちとギクシャクして悩んだこともありました。お互いに対等で、助け合うことが自然な高校生活だったのです。階段だらけの高校だったからこそ、絆がより深まったのかもしれません。

高校を卒業してもうすぐ20年。最近、友だちから改めて連絡《れんらく》をもらうことがあります。生まれた子どもに障害があったり、障害者支援の仕事をしたり、障害者にかかわることが出てきた友だちからです。

「いままで障害について考えたことがなかったけど、実際《じっさい》に目の前にいる障害者のことを考えたとき、いままでの人生で障害者ってどこにいたんだろう?」って考えて、そしたら、「あ! 高校のときにいた夏子がそうだった。車いすに乗っていたし、そういえば障害があったね」と思い出すようです。

私のことを「障害者」というよりも、ただの一人の友だちとして見ていた関係、環境が、貴重《きちょう》なものだったと、友だちもいまになって気づくそうです。

運動会でのフォークダンス。車いす用のダンスを男子全員が覚えてくれたので「だれにあたるのかな」とドキドキしながらも楽しみました。

そんな環境をつくってくれた友だちや先生方に改めて感謝しています。私は本当にラッキーでした。でも心から思うのは、私のケースが特別なことではあってほしくないということです。障害があってもなくても、みんなが一緒に過ごすことが当たり前で自然なことになってほしいです。

恋愛が大好き！恋バナが大好き！

やりたいことをなんでも試してみる私は、恋愛《れんあい》でも常に積極的でした。偶然《ぐうぜん》を装《よそお》って下校時間を好きな人に合わせてみたり、デートの約束をしたらお弁当をちゃっかりつくっていったり。

「好きアピール」の激しい私とのデート、男性たちには重いこともあったでしょう（笑）。

大学のサークルで出会ったいまのパートナーとも、付き合うまでに3、4回告白し、そのたびにフラれて撃沈《げきちん》。失恋でごはんがのどを通らなくなったり、夜も眠れなくなったり、いろいろありました。

でも就職《しゅうしょく》活動がうまくいかずに落ち込む彼のそばにたまたま私がいたので、いつの間にか彼の気持ちが私に向いていました。まぁタイミングがよかったのでしょう。結婚は「タイミング」「フィーリング」「ハプニング」の三拍子《さんびょうし》だとよく言われますが、付き合うときも似たようなものなのかな。

恋はジェットコースター

人を好きなると、泉《いずみ》のように、次から次にいろいろな感情《かんじょう》がわき上がります。気持ちがバレるのが恥ずかしいからツンデレになったり、デートを妄想《もうそう》して眠れなくなったり。メールの返信を待つ時間の長いこと！　そして文面の一言一句に一喜一憂《いっきいちゆう》。一人で空回りしたり、テンションマックスに喜んだり、どうしようもなく傷ついて泣いたり、落ち込んだり。逆に相手を傷つけてしまったり……。

私の恋愛はとにかく勢《いきお》いがあるので、まさしく「恋はジェットコースター♪」。身長が１００㎝しかないので、本物のジェットコースターには乗ったことはないのですが。

高校時代、好きな男の子のいるクラスによく遊びに行っていたときのこと。彼とは学校ではあまり話さないのですが、毎晩1、2時間も電話をするほどの仲でした。ある日、彼が「夏子が教室に来ると目立つから困る」と言ったのです。

言われたときはショックだったのですが、その対策《たいさく》を考えるべく友だちに相談すると「声が高いし、うるさいから、目立つのかも。少し静かにしてみたら？」とアドバイスをもらいました。

「車いすだから目立つのかも」とも一瞬《いっしゅん》思いましたが、車いすである私を変えることはできません。そこをどうこう言ってもしかたがないのです。できるところで努力をしなくちゃ。相談に乗ってくれる友だちも「車いす」を意識するのではなく、普通の恋バナと同じように、いろいろなアドバイスをくれていました。

恋の熱!?

沖縄から上京して数カ月、大学1年生の秋のこと。当時想いを寄せていた彼と渋谷《しぶや》デートをすることに！

彼に車いすを支えてもらいながら、陸橋の急なスロープを上り、ランチを食べ、街をブラブラして遊びました。自宅の最寄《もよ》り駅まで帰ってきたけど、「帰るには早いね」と夕飯も一緒に食べることに。

彼と渋谷へ行ったことに舞い上がっていたのか、緊張しすぎて疲れたのか、頭がぼーっとして、旬《しゅん》の魚定食もほとんど食べられない私。レストランのテレビではベルリンマラソンの中継《ちゅうけい》番組が放送中で、高橋尚子《たかはしなおこ》選手が日本女子マラソン史上初めての世界記録を更新。盛り上がる彼と、フラフラする私。会話にも集中できず、テレビのアナウンサーの興奮した声だけが耳に入ります。デートってこんなにフワフワするものだったっけ?と思いつつ、終了。

家に着いてためしに熱を測《はか》ると、なんと38・5度。彼へお熱なのではなく、リアルな発熱でした。沖縄は少しずつ寒くなり、紅葉《こうよう》したり、果物が旬といわれる「秋」がありません。肌寒くなり、どこかしら人恋しく、寂しくなる「秋」。上京して初めて経験する季節に、心も体も疲れてしまったのでしょう。

いまでも「女子マラソン」や「高橋尚子」と聞くと、当時の甘酸《あまず》っぱい思い出がよみがえってきます。

車いすで楽しむデート！

車いすだとデートをするにも手がつなげなかったり、おしゃれなカフェに階段があって入れなかったり、映画館《えいがかん》で座りたい席に座れなかったりします。制限《せいげん》のあるデートに、相手に嫌われないかと心配になることも。私も不安ですが、それ以上に車いすユーザーと出かけ慣れていない相手も不安なことでしょう。

だからこそ場所を決めるときに「どこでもいい」ではなく、自分の行きたいところや、やりたいことを提案《ていあん》します。手伝ってほしいことも、深刻《しんこく》にならないようさりげなく、でも詳しく伝えるのがポイント。

「初めて行くお店だから階段があるかわからなくて。そのときは抱っこをしてくれる？」

「お店に車いすトイレがないだろうから、先に寄っておこうかな」と。

一見大変に見える車いすユーザーとのデートも、冒険《ぼうけん》のように楽しんでくれる人なら、2人にしかない特別な時間になることでしょう。

私のパートナーは、私が車いすユーザーであることを意識していないようで、まったく気が利《き》きません。ときどき本当にイライラするのですが、気負わず、適当《てきとう》な人のほうが、デートのときには深刻にならずいいのかもしれませんね。

もちろん障害があると恋愛・結婚にハードルはあるでしょう。でも私から障害をなくすことはできないので、それを理由にしていたら何も始まりません。私は恋やデートが大好きなので、自分ができる方法を見つけて楽しみたいのです。

あぁ恋がしたい

今も「恋がしたい」と熱望していますが、なかなか「恋」そのものをしたり、友だちとの話題にあがることも少なくなった30代後半。子育てや離婚《りこん》、浮気《うわき》ネタが多くなりました。だから恋愛ドラマや映画、マンガを読んで妄想を膨《ふく》らませたり、若いヘルパーさんの恋バナを聞いてキュンキュンしてみたり。

フランスをはじめ西欧《せいおう》のように、夫婦になってもいつでも恋をしていたらいいのに。あぁ恋がしたい！

車いすは、偶然に視線《しせん》が合ってキスすることは少ないので、偶然を装った計画でシチュエーションをつくらなければ！　できないことをアピールして、甘えて、助けてもらって、距離を縮めるのもアリかな。わざと階段のある店に行き、抱っこをしてもらうときがキスのチャンス！　でもキスに相手が動揺《どうよう》して、転んで落とされたら骨折しちゃいます。それは要注意。

でも「キスをして骨折」もある意味ロマンチックかな。ハプニングのおかげで一気に関係が深まるかもしれないし。まぁ、びっくりされて、引かれたら終わりですが。

不倫《ふりん》などの密会《みっかい》デートは、車いすが目立つからどうしたらいいのでしょう。いろいろ妄想は膨らみます。でも恋はするものではなく、落ちるもの。落ちちゃったら思い描いていた計画なんて、なんの役にも立たないですね。あぁ恋がしたいです。

COLUMN 2

おしゃれを楽しむ

おしゃれな子ども服を探すコツ

おしゃれには自信がないけれど、車いすに乗っているとどうしても目立ってしまいます。それなら車いすをカバーするくらいおしゃれを楽しみたい！

着る服は120㎝から140㎝と子どもサイズ。でも、背骨が曲がっているし、バストもあるので、実際に着てみないと合うかどうかわかりません。でも一度自分に合うブランドが見つかると、選びやすくなります。

好きなのは、フランスのプチバトー、アメリカのティーコレクション、イギリスのネクストです。

夜中にネットで服を見ていると、あれもこれもと購入してしまいがち。スクリーンショットして、

車いすを操作するスティックを握る手がかわいいとうれしくなります。

「ネクスト」は、コスパがよくて種類が豊富

「ティーコレクション」は、仕事でもプライベートでも使える便利ブランド

「プチバトー」は、色が好み。親子でおそろいコーデもしています。

ブラウス・ワンピースは130cm、パンツは120cm、スカートは140cmを選ぶことが多いです。

おしゃれな友だちにLINEで相談。必ず一晩おくようにしています。また子ども服が豊富なメルカリ（フリマアプリ）で、USEDもよく買います。

ネイルが会話のきっかけに

歩けないので手を使うことが多く、手元が目立ちます。ネイリストの友だちに自宅に来てもらい、ジェルネイルをお願いしています。フレンチネイルにキラキラストーンがお気に入り。初対面の人に「爪がかわいいですね」と声を掛けられ、会話のきっかけにもなるラッキーアイテム。ジェルだと落ちないのがありがたく、ずぼらな私にもぴったりです。

ネイルをすると子ども2人は「かわいい!!!」と大絶賛！　しかしパートナーはなかなか気づきません。「今回は何日目に気づくかな」とほめてもらえるまで、けなげに待っています。

第3章

ひとりではできないから、みんなで子育て

二児の子育ては大変すぎた

産後は、想像《そうぞう》よりも大変なことの連続でした。

子どもを抱っこしていたら、何もできない、1㎜だって動けないのです。歩けない私は、家の中では手でハイハイしながら移動《いどう》しますが、子どもを抱っこしていたら両手がふさがり、何もできないのです。

抱っこの姿勢《しせい》を取ったらもう最後。携帯電話すらさわれないし、本を読むことだってできません。もちろんトイレにだって行けません。

子どもがお茶をこぼしても、子どもをさっと抱え上げて移動させ、雑巾《ぞうきん》を持ってきて拭き、子どもの着替えをさせることができません。

我が家なりのやり方

でもムスコ1人のときは、ムスコが寝ているときに他のことをすればいいので、抱っこをするときは私も一緒に寝たりして、どうにかやっていけました。

しかし2人いるとそうはいきません。常に上の子の相手もしないといけないからです。ムスメが泣き始めたら、そのそばにムスコのおもちゃも持ってきて、私はムスメを抱っこ。おもちゃをさわりながら、声かけをして、ムスコと遊んでいました。歩けるママだったら、さっと片手でムスメを抱き上げて、もしくは抱っこひもをして、トイレに行けたり、インターフォンに出たり、お茶を飲んだりできるんだろうな、うらやましいと思うこともありました。

ムスメが生まれたころ、夫は夜勤《やきん》の仕事をしていて、夜は不在。ヘルパーさんは夜9時には帰ってしまいます。夜中は私が1人で子ども2人を見ていました。「何か起こったらどうしよう」といつも不安で、病気になったら救急車を使うしかないと思っていました。

ムスメを抱っこしながらムスコと遊ぶ毎日。大変すぎて、この頃の記憶がほとんどありません。

ムスメが生まれてからは、夜中2回の授《じゅ》乳《にゅう》は、1回はミルク、1回はおっぱいにしていました。夜中にミルクをつくるのがしんどかったので、ヘルパーさんが帰る直前、夜9時前に、熱湯でミルクをつくってもらい、それをタオルに巻いたり、保温《ほおん》カバーをし、置いておきます。夜中2時頃、冷めたミルクを赤ちゃんにあげていました。

初めてあげたときは、嫌がって、飲むのに時間がかかったのですが、2回目からはすぐに飲んでくれるようになりました。

トライ&エラー、いろいろ試して私と子どもたち、お互《たが》いに合ったやり方を見つけていった子育て。いまでもそんな毎日です。

「何かあったらどうしよう」不安と緊張

キッチンへ子どもが入れないようにするための「ベビーゲート」。これなしでは考えられなかった子育てでした。子どもが包丁などの危《あぶ》ないものをさわろうとしても、わたしは抱きかかえて止めることはできません。とにかく安全重視《じゅうし》です。

「何か起こったら私一人では対処《たいしょ》できない」という不安にいつも襲《おそ》われていました。だからこそ、危険を回避《かいひ》すべく工夫《くふう》を重ねました。ベビーゲートが閉まっているか、危ないものを子どもの手が届くところに置いていないか。気持ちがいつも張り詰めていました。

私は骨の障害《しょうがい》の影響《えいきょう》で、小学校高学年のころから、右耳の聴力《ちょうりょく》が落ちてきました。3回手術《しゅじゅつ》をしましたが、3度目の手術で菌《きん》が入り、まったく聞こえなくなってしまったのです。大学生になり唯一《ゆいいつ》聞こえる左耳の聴力も落ちてきたので、補聴器《ほちょうき》をしていますが、産後の寝られない、休めない中で、難聴《なんちょう》が進みました。

休みたいと思ってはいたけれど、そんな心と体の余裕《よゆう》はなかったのです。大変なときほど、冷静に考えたり、自分を労《いた》わったり、人に頼ったりすることは難しいですね。

また、できないことが多いと覚悟《かくご》していたので、「つらい」「大変」と弱音を吐くと、「ほら、だから言ったでしょ」とまわりから言われてしまう気がしていました。安心して気持ちを伝えたり、愚痴《ぐち》を言ったりするのは、難しいことでもありますね。

乳児院の存在が心を楽に

ムスコの1歳半検診《けんしん》で「何かあったときが心配」という相談をすると、2歳までの子どもを一時的に預かる乳児院が市内にあると教えてもらいました。それを知り、心がとても楽になったのです。

何かあっても大丈夫。そう思えたのです。私は女優の「はるかぜちゃん」こと春名風花さんの生き方、考え方が大好きなのですが、彼女もお母さんが大変な時期に、乳児院に入

ムスメが退院して、初のご対面。気がつくと新生児のムスメの上にムスコが乗っかっていることがあり、私、固まりました。

っていたそうです。

体調が悪かったり、疲れていると、だれだってイライラしてしまうことがあります。私もイライラして子どもに手を上げそうになるとき、自分の服や子どもの服をつねって怒りを抑《おさ》えます。家の中で唯一鍵のかかるトイレに逃げることもあります。子どもはかわいい。かわいがりたい。でも、かわいがれないときもあるのが、子育て。

そんな子育て中の親が、気軽に助けを求められる場所が増えてほしいです。

「手伝って」「一緒にやろう」を大事に

私が子育てで大切にしているのが「一人でやること」ではなく、一人ではできないことでも、どうやったらできるかを考え、「人と助け合うこと」です。人の手を借りながら生活する私にとって「一人でできること」を重視されたら、何もできなくなってしまうからです。

5歳のムスコは、幼稚園《ようちえん》に持っていく水筒《すいとう》とお弁当箱を自分で洗うことが毎日のお仕事。得意顔で一人で終わらせることもあれば、やりたくないと駄々《だだ》をこねたり、「一緒にやろう」と交渉《こうしょう》してくることもあります。

人はだれでも小さいときは、助けてもらうのが当たり前。赤ちゃんなんて、自分でごはんも食べられないし、オムツも替えられず、ただ泣くだけです。ある意味、重度障害者と同じです。

でも子どもは手伝ってもらえるからこそ、自然に相手に手を貸すことができ、お手伝いが大好き。まさしく、助け合うことの天才です。それが大きくなるにつれ「一人でできるのがいいこと」になってしまい、「助け合う」ができなくなってしまうのが悲しいところ。「一緒にやろう！」と声をかけること。それが大人になっても続く人になってほしいです。だからこそ、子どもにお願いされたらできるかぎり手を貸したいです。

お風呂あがりのクリーム、どう塗る？

世の中にはいろいろな人がいて、いろいろな考え方があることを子ども自身が感じられる子育てをしたいです。

10人のヘルパーさんと一緒に子育てをしている私。ヘルパーさんも人間なので、子どもへの伝え方も、大事にしていることも、それぞれに少しずつちがいます。ごはんのときの子どもに姿勢について注意する人もいれば、本を雑《ざっ》に扱《あつか》うことを注意する人もいます。ま

ママができないおんぶをヘルパーさんにしてもらう毎日。

た、お風呂あがりに子どもの体にクリームを塗るとき、手でクリームをあたためて丁寧《ていねい》に塗る人もいれば、パパッと手早く塗る人もいます。

子どもはときに、それぞれのやり方がちがうことに怒ります。「〇〇さんはこうやるんだよ！」「△△さんと順番がちがう！」と。でも、それはいろいろな人がいる社会では当たり前のこと。どんなことでも、人によって考え方ややり方がちがう、それを学んでほしいのです。そして自分の要望ややり方を相手に伝えられるようになってほしいです。

できないことが多いママだけど

我が家にとっては、小さいママが当たり前。抱っこができなくて、体を使った遊びができないのがママなのです。

洋服も私と子ども2人、ほぼ同じ大きさで、どれがだれのかわからなくなるときがあるくらい。ヘルパーさんやパートナーが間違って、私の服を子どものタンスにしまうのはよくあるのですが、ときには私も間違えてしまうくらいです。

「ママは骨が折れやすくて、小さいままで、歩けないんだよ」と伝えています。そんなある日、私が洗面台《せんめんだい》で立って歯磨きをするのを見たムスメが、「ママ、すごいじゃん！　立ってるじゃん」とほめてくれました。最初は「ありがとう」と言っていましたが、何度も何度もほめられると、これはどこかおかしい、と感じてしまい、「立てる人も、立てない人もいるんだよ。立てなくてもいいことなんだよ」と変えることにしました。

人はだれでもできないことがあるのが普通《ふつう》で、人はそれぞれにすばらしいからです。

我が家は洗濯物《せんたくもの》もヘルパーさんが干すし、掃除《そうじ》もヘルパーさんがします。ママの私にできないことがたくさん。それでもママは私です。子どもにとっては私が世界でいちばん大好きで、甘えられる人なのです。

子どもはみんな幸せ

私のように、いろいろなママのカタチ、家族のカタチ、子育てのカタチがあるのが、本当は自然なこと。パパが2人いる家族もいいし、ママが1人しかいない家族もいいし、両親以外の人と暮らす家族のカタチだってあります。

大事なのは、見守ってくれる、信頼《しんらい》できる大人がいること。そして誰かと比べてほめるのではなく、子どものありのままを受け入れること。

そして、それは子どもだけでなく、大人も同じことでしょう。信頼できる仲間がいて、

ムスコ3歳、ムスメ1歳。お出かけは大変だけど、やっぱり楽しい！

応援《おうえん》してくれる人がいたら、つらいことも踏んばって乗り越えることができます。ときには困難《こんなん》には立ち向かわず、休んだり、回避することも大事で、それを認めてくれる人が必要です。

だからこそ、いろいろな人とつながり合いながら子育てをしていきたいです。子どもは生まれながらに幸せです。成長するにつれ、いろいろな考え方にふれて、ときにはまわりと自分を比べて落ち込むこともあります。でも、人は誰だって幸せに生きていけることを、大人になっても忘れずにいたいです。

「お母さん、何人いるの?」

ムスコは赤ちゃんのころ、〝立って〟抱っこをしないと泣きやまない子でした。でも、私だけは、座って抱っこするだけで大丈夫。ママは立てないことが、赤ちゃんにとっても普通だったようです。

ハイハイができるようになったころ、抱っこの代わりに車いすに自分からよじ登ってくるように。お散歩だって、お昼寝だって車いすの上でしちゃいます。車いすはママの足代わりだけでなく、ベビーカー代わりにも、抱っこひも代わりにもなるのです。

保育園のお迎えには、曜日ごとにちがうヘルパーさんと一緒に行きます。ある日、ムスコの友だちから「お母さん、何人いるの?」と聞かれました。ムスコは何を聞かれているのかわからなかったようですが、私は大笑い。「お母さんは私だけで、私のお手伝いをするためにみんないるんだよ」と伝えたのです。

今ではヘルパーさんが一緒にいる光景が普通で、ムスコの友だちの中にはヘルパーさんの名前も覚えてくれて、一緒に遊ぶ子もいます。

たくさんの人とつながる

ヘルパー制度《せいど》について興味を持ってくれる保護者《ほごしゃ》もいて、「私は1日約10時間、ヘルパーさんの力を借りて、家事、育児をこなしていること」「障害者自立支援法《しょうがいしゃじりつしえんほう》では、ヘルパーのサービスに育児支援があり、一緒に育児ができる」という話もします。ママ友の紹介で、新しいヘルパーさんも入ってくれるようになりました。

はじめは車いすの私を見ただけで動揺《どうよう》したり、声をかけるのをためらったりする保護者もいましたが、いまではママの一人として、私にも自然に接してくれます。

我が家の子どもたちは、その日来るヘルパーさんによって、やることを考えています。月曜日なら、「○○さん、一緒にごはんをつくろう」、「今日は火曜日だから××さん。一緒に折り紙をしよう」という感じです。家の雰囲気《ふんいき》もその日のヘルパーさんによって少し

車いすが、ベビーカー、抱っこひもの代わり。お昼寝だって堂々としちゃいます。

ずつちがいます。

またムスコの幼稚園の送迎《そうげい》は、近所に住む方やファミリーサポート、学生ボランティアにもお願いをしています。地域《ちいき》に知り合いがいることは、何かあったときにとても大切。子どもがぐずっているとき、通りすがりの人に一声かけてもらうだけで、気分が変わることがあります。

もしも災害《さいがい》が起こったら、一人で何もできない私は、身近な人に助けてもらうことが必要です。声をかけ合える関係を、日ごろから心がけたいです。

10人で子育てするためのたった2つの工夫

我が家は、10人のヘルパーさんをはじめ、たくさんの人と一緒に子育てしているので、どんな人でも子育てにかかわりやすいよう、工夫を重ねています。

だれにとっても安全

いちばん大切なことは「だれにとっても安全であること」です。まずケガにつながりそうなおもちゃは置きません。危ないと感じる基準《きじゅん》も人によってそれぞれちがうので、少しでも「危ないな」と感じたら、使うのをやめるのです。

ハサミをしまう引き出しはチャイルドロックをします。もしロックをかけていなかったら、久しぶりに来たヘルパーさんが、そこにハサミが入っていることを忘れてしまい、遊ばせてしまうかもしれないからです。物を置くときも、高く積み重ねないようにします。子どもにも、私にも危ないからです。

自分一人だったら「あ、これちょっと危ないし、壊《こわ》れやすいから気をつけよう」と思えても、それをヘルパーさん全員で共有するのは難しいのです。またヘルパーさんが子どもを見てくれているときに、子どもがケガをしたら、子どもも、ヘルパーさんも悲しい思いをします。子育てにかかわるみんなが、安心して楽しく過ごせるために、「安全かどうか」をいつも考えています。

だれにとっても使いやすい

2つ目は「だれにとっても使いやすい」です。たとえば離乳食《りにゅうしょく》。私が一人でつくるなら、いつつくったのかがすぐわかり、衛生面《えいせいめん》も気をつけられます。でもいろいろな人に手伝ってもらうので、誰にとっても使いやすい方法を考えないといけません。

料理が得意なヘルパーさんが来たときに、おかゆをたくさん炊《た》いて、製氷機《せいひょうき》に入れてキューブにし、冷凍保存《れいとうほぞん》します。食べるときは、一個一個出して温めるだけなので、料理が苦手なヘルパーさんや、時間がないときもラクラクです。

子どもの洋服タンスも、ラベルを貼《は》り、どこに何をしまうのかわかりやすくします。イラストもつけると、文字が読めない子どもも自分でできるので一石二鳥です。

細かい工夫を重ねて、子どもにとっても、私にとっても、そして手伝ってくれるヘルパーさんや友だちにとっても、「安全」で「使いやすい」環境《かんきょう》を心がけています。

助け合う天才

ムスコが5歳になり、私と2人だけでお出かけもできるようになりました。

ムスコは相変わらず、我が物顔で、私の車いすに乗ってきます。どんどん大きくなるので、私の座る場所はほんのちょっとしかありません（笑）。でも、私が落としたものを拾ってくれたり、エレベーターのボタンを押してくれたり、ドアを開けてくれたりと活躍《かつやく》してくれます。

幼稚園に迎えに行くと、すぐに車いすに乗ってきて甘える息子。いつまで乗れるかな？

でもそれは「ママが車いすだから助けたい」わけではなく、「大好きなママを助けたい」だけのこと。どんな子どもも同じです。子どもはだれだって、助け合いが大好き。助けてあげたり、助けてもらうのが当たり前。

一人でできることもすばらしいけれど、助け合うことは、人とつながれる素敵《すてき》なこと。頼られることは、相手にとっても嬉しく、お互いにプライスレスな時間になります。

もっと自由になるためにヘルパーさんが必要

いままでは私の子育てに欠かせないヘルパーさんたち。でも、沖縄から東京の大学に進学し、一人暮らしを始めたとき、ヘルパー制度は使っていませんでした。

沖縄では手動の車いすだった私。上京と同時に、電動車いすを初めて使い、だれかに押してもらわなくても一人で動けるのがとても楽しくて、嬉しくて。傘《かさ》をさすのも初めて！　だってそれまでは親が車で送り迎えし、雨が降ったら外出しないこともあったので、傘をさすだけでルンルン♪　まるで2歳児です。

自宅から大学までは徒歩10分、その間にあるコンビニ4件を全部はしごして、雑誌《ざっし》を見たり、お菓子《かし》コーナーをじっくり見てみたり。帰宅に1時間半かかることもありました。

それまでは、外出するときは必ずだれかにお願いし、迎えの時間も気にして、いつも相手に気を使っていたのです。無駄なように見える「コンビニはしご」が、最高の贅沢《ぜいたく》でした。困ったことがあったら、友だちに学校帰りに寄《よ》ってもらってお願いしたり、留学《りゅうがく》から帰国した姉が一緒に住み始めたりして、やりくりしていました。

時間はかかるけど、工夫を重ねればなんでも自分でできるのが嬉しかったのです。

苦手なことも大切

でもデンマークに留学をし、少しずつ考えが変わってきました。デンマークへの留学準備中、校長先生とのメールのやりとりで、何度も「一人で来るのですか?」と聞かれたのです。「当たり前じゃん、だれがついてくるの? なんでそんなに聞くんだろう」と思っていました。でも留学してみて、その謎《なぞ》が解けたのです。

デンマークで出会った友だちは自己紹介をするとき、名前や趣味《しゅみ》だけではなく、「得意なこと」や「苦手なこと」も話すのです。「ドイツ語は得意だけど、英語は苦手」「ゲームが得意だけど、掃除は嫌い」などなど。

なんでわざわざ初対面の人に、得意なことを話すのだろう？　自慢《じまん》？　そして苦手なことをわざわざ言う必要ってあるの？　そう不思議に思っていました。でも競争が少ないデンマークでは、自分ができないことを伝えるのは恥ずかしいことではなく、「不得意なことがあるのは当然」として受け入れられるのです。


デンマークでは、6歳までの子どもに、読んだり書いたりや文字を教えることは、基本的に禁止《きんし》されています。文字は、子どもの脳《のう》と体と心によくないと考えられているからです（ルールがよく変わるので、子ども本人が習いたいと言ったらＯＫの場合もあります）。

15歳までは学校でテストもしてはいけません。日本と同じような一般的《いっぱんてき》な高校に進学するのは約半数で、あとの半分は専門《せんもん》学校に行き、自分の好きなこと、得意なことのスキルを身につけるのです。日本では考えられないことですが、デンマークでは飲酒や喫煙《きつえん》の年齢も決まっておらず、自己責任《せきにん》で、本人が決めます。

「人はそれぞれにちがう」というのが当たり前のデンマーク。だからこそ、できないことが多い障害者はヘルパーを使うのが当たり前。校長先生をはじめ、まわりの友だちは、日本から一人で来た私に驚《おどろ》いていました。地元の新聞にも載《の》ったくらいです。

デンマークは古い建物が多く、階段だらけ。道もレンガのガタゴトで、車いすでは進みにくいのですが、だからこそ人の力、ヘルパーさんを使うのです。杖《つえ》や車いすなど、必要なものは無料で支給され、車いすユーザーには車も支給されることが多いのです。

だんだんと私も、「苦手なことは人に頼ってもいい」と素直に思えるようになりました。人を頼ることで、「怠《なま》けている」とまわりから批判《ひはん》されることはないし、私はできることを、やりたいことをすれば認めてもらえるのですから。

子育てを夢見て

また、ヘルパー制度を使いたいと思う出来事がもう一つ、デンマーク留学中にありました。日本の大学の親友2人が、フランス旅行をすることになったのです。デンマークから近いので、私もフランスに行き、一緒に旅行することにしました。

旅行中は、階段を使うことが多いので、重さが80kgある私の電動車いすでは大変かと思い、手動の車いすで行くことにしました。日本でも旅行のときには、いつも友だちに車いすを押してもらったり、持ち上げてもらったりしていたからです。
しかし話を進める中で、友だち2人に断《ことわ》られたのです。「旅行中は疲れやすいから、階段で車いすを持ち上げたり、抱っこする余裕がないかもしれない。最初から一緒に旅行の計画をしていたら不安はなかったと思うのだけど、急に言われて心配になってきた」と。親友なので本当のことを言ってくれるのはよかったのですが、正直なところショックでもありました。

歩ける人なら、こんなことにはならなかっただろうな。それかヘルパーさんがいたらよかったのに……。そして、「よし！　私も日本に帰ったらヘルパー制度を使おう」と決めたのです。

帰国してからは、偶然《ぐうぜん》にも私と同じ障害で、ヘルパー制度を使いながら子育てをしている人に出会い、日本のヘルパー制度や福祉《ふくし》について、詳しく教えてもらいました。
そして実際《じっさい》にヘルパーさんにお願いすると、今まで何時間もかかっていた掃除機かけも、洗濯物干しも、すぐに終わります。自分の気分と予定で、好きなところへヘルパーさんと行くことができるようになりました。自分のやりたいことを、やりたい方法でできる

デンマークの18歳以上なら誰でも通えるフォルケ・ホイスコーレに留学。先生も生徒も一緒に生活します。音楽専攻の友だちに教えてもらって、バイオリンにチャレンジ。

ようになったのです。

そして今までの生活を振り返り、時間をかけたり、ちょっと無理をしたら自分でできることばかりだったけど、子育てはそうはいかないと気づきました。赤ちゃんをお風呂に入れたり、危ないときにさっと抱きかかえたりすることは、私はどうがんばってもできません。いつか子育てをするときは、絶対《ぜったい》にヘルパーさんが必要だと思ったのです。子育てする日を夢見て、ヘルパーさんとの生活に慣れておこうと誓《ちか》った23歳の春でした。

ヘルパーさんに〝なってもらう〟

ヘルパー制度を使うなら、「自分でヘルパーさんを見つける」に限《かぎ》ります。

ヘルパー制度を使い始めた当初は、事業所にすでに登録しているヘルパーさんに来てもらっていました。

でも、いろいろと気になることが出てきました。たとえば、ヘルパーさんのシフトは事業所が決めるので、いつものヘルパーさんが休んだとき、他の人に代わっても、それを断ることはできません。またヘルパーさんと私は連絡先を交換《こうかん》してはいけないので、時間を変更《へんこう》したいときや、来る途中で買い物をお願いしたいときも、事業所に連絡してお願いすることになります。お出かけ中、子どもがぐずって予定が変わり、ヘルパーさんの時間を延長《えんちょう》したくても、事業所に必ず確認《かくにん》を取らないといけません。ヘルパーさんの都合がよくても、必ず事業所を間にはさまないといけないのです。
変更や調整がしづらいだけでなく、間に必ず事業所が入るので、ヘルパーさんと「一人の人間」同士として、信頼関係を築《きず》くのが難しいのです。

だから次第《しだい》に、自分でヘルパーさんを探《さが》してお願いするようになりました。といっても、ヘルパー探しはとても大変。友だちや知り合い、いろいろな人に声をかけまくり、週1回の2、3時間でもお願いできる人がいないかを探します。そして「やってみたい！」という人が見つかったら、研修《けんしゅう》を事業所で受けてもらい、資格《しかく》を取ってもらいます。

さて、突然《とつぜん》ですが、ここでクイズです！
私が利用しているのは「重度訪問介護《ほうもんかいご》」という制度ですが、このヘルパーの資格は何日で取れるでしょうか？

答えは、20時間。約2日で取れるのです。しかも15歳から働けます。
高校生や大学生にもできるし、日中は他の仕事をしているけど、会社に行く前や、アフターファイブにWワークとして働きたい人にもできるのです。時給は1000円以上、夜勤だと1回で2万円近くになることもあります。若い人ができるお仕事の一つとして、広まってほしいです。

高校生からお坊さんまで。多様なヘルパーさん

我が家のいままでのヘルパーさんはおもしろい人が勢ぞろい。高校生やフリーターもいるし、お坊さんや、16歳で子どもを生んだシングルマザー、保育士、パティシエ、ピアニスト、インテリアデザイナー、料理研究家、マッサージ師などなど。大学院に通っていたときは、ゼミの友だちに資格を取ってもらい、来てもらっていました。

それでもヘルパーさんを見つけるのは、とっても、とーーーっても大変！「障害者」って聞くだけで、よくわからない、大変そうと思ってしまう人が多いからです。求人広告はごまんとあります。「障害者」「ヘルパー」と書くだけでスルーされがちなのです。

募集《ぼしゅう》をSNSや掲示板《けいじばん》に、一応は載せますが、あまり効果《こうか》がありません。いちばんいい

のは友だちの友だちに直接声をかけてもらったり、LINEやメール、電話をすることです。自分宛《あ》てにピンポイントに来た情報《じょうほう》だと、スルーされる確率《かくりつ》はぐんと下がるからです。

少しでも興味を持ってもらえるよう、私は「障害者」「ヘルパー」という言葉をなるべく使わずに説明します。「車いすママの子育てサポーター募集」といった感じです。子育てというキーワードだと、一気に関心のある人が増えるからです。

やってほしい内容《ないよう》も具体的に言うようにします。「家事」ではなく、「洗濯物干し、掃除機かけ、朝ごはん後の食器洗い、子どもの歯磨きや着替えを手伝ってくれませんか？」など。イメージがわいてくると、「働けるかも」と少し前向きになってもらえるからです。

障害のある先輩《せんぱい》ママから「子育ては大変だけど、子どもの力でいいヘルパーさんが集まってくるよ」と言われたのですが、まさしくその通り！

子どもがいるからこそ、子ども好きの、いいヘルパーさんが集まってくれます。私とヘルパーさん、2人だけでずっと過ごしていると、ギスギスすることもあるでしょうが、子どもがいることで潤滑油《じゅんかつゆ》になってくれます。

子どもの言葉、行動、一つひとつを、一緒に笑ったり、悩《なや》んだりしてくれ、成長を喜んでくれるのです。だから、ヘルパーさんを使う障害者にこそ、子育てはおすすめ！

障害があってもなくても子育ては大変

子どもを生む前、子育てを心配して、反対した人もいました。産後も、看護師《かんごし》やコーディネーターが一緒に育児プランを考えるカンファレンスでは、「ヘルパーさんと一緒にやるので大丈夫です」と私が言っても「何かあったらどうするの？」と過剰《かじょう》に心配されました。最後にはパートナーの「自分が会社から帰ってきます」の一言で場がおさまったくらいです。

育児は家族がするもの、元気な母親がするもの、と思い込んでいる人の多いこと。そして何か起こったらどうするのかと心配されるのです。

でも育児が大変なのは、障害のある人も、ない人も同じです。そして何か起こったときの大変さを自覚しているからこそ、私はより準備をしています。

料理研究家のヘルパーさんのごちそうと、パティシエのヘルパーさんの手づくりケーキ。ヘルパーさんも一緒に子どもの誕生日会。

子育ては十人十色《じゅうにんといろ》。赤ちゃんの抱っこができなくても、助けがあれば、それなりの子育てができるのです。

また、私の妊娠《にんしん》をいちばん喜んでくれ、応援してくれたのは、大学院に一緒に通う10代、20代の友人たちでした。子育ての大変さがわからないからこそ、純粋《じゅんすい》に喜んでくれ、応援してくれました。

若い人のパワー、未来の可能性に私は支えられ、自分もがんばろうと思えます。私のライフワークのひとつは、「若い人とつながること」。経験《けいけん》のない若いヘルパーさん、大募集です。

ヘルパーさんとの生活のコツ

1日約10時間、ヘルパーさんと一緒に家事やお出かけ、身の回りのことをする私。1日3交代で合計10人のヘルパーさんがいます。

まず1人目のヘルパーさんには朝7時半から9時まで、朝ごはんの片付けや洗濯物を干し、布団《ふとん》をあげて、子どもが出かける準備を手伝ってもらいます。

ヘルパーさんが来ると子どもたちは毎朝大はしゃぎ。でも子どもがイヤイヤ期のときは、ヘルパーさんが来ると大泣きすることも。八つ当たりされてかわいそうなヘルパーさんでしたが、それも子どもの成長として受け入れてくれるのでありがたかったです。

2人目のヘルパーさんは10時から13時まで。一緒にスーパーへ行ったり、病院へ行ったたりと、お出かけすることが多いです。

そして3人目が14時から21時。部屋の掃除機をかけ、干した洗濯物を取り込み、夕飯をつくります。5時になると子どもを保育園・幼稚園へ迎えに行って、夕飯を食べ、お風呂に入り、片付けや明日の準備をしたらあっという間に9時です。電気を消してもらい、帰ってもらいます。そのまま私は子どもと一緒に就寝《しゅうしん》です。

たくさんのヘルパーさんでシフトを組んでいるのは、ヘルパーさんの急用や急病に対応するためです。1日3交代にすると、誰か一人が急に来られなくなっても、あとの2人で補《おぎな》いやすくなります。

アプリと取扱説明書《とりあつかいせつめいしょ》

総勢《そうぜい》10人のシフトをつくるのに欠かせないのが、予定表アプリです。アプリだと簡単にシフトが共有できるので、とても便利！

ヘルパーさんに気をつけてほしいこと、毎回やってほしいことは紙に書いて、冷蔵庫《れいぞうこ》に貼っています。これはサポートブックと言って、障害のある子どもの支援方法の一つです。「私の取扱説明書」のような感じです。

たとえば、「右耳が聞こえないので、聞こえていないときがあります。無視をしているわけではないので、もう一度言ってください」「物が落ちてきてケガや骨折《こっせつ》につながることがあります。物の置き方には気を付けてください」。書いてあると、新しく入ってきた人にも伝えやすいのです。

一言に気を付ける

ヘルパーさんがミスをしたときは、怒らず、冷静になるように心掛《こころが》けます。たとえば私のお気に入りのコップが割られたら、ショックです。でもその気持ちをひとまず置いて「ケガはない？　大丈夫？」と必ず聞きます。だってわざとやったわけではないのですから。次に同じことが起きないよう、コップの置き方を変えてみたり、対策《たいさく》を考えます。

かく言う私も、スーパーの通路が狭《せま》く、カップラーメンの山を倒したり、ガラスを割ってしまったことがあります。お店の人に怒られるのではないかとびくびくし、申《もう》し訳《わけ》なくなります。でも「おケガはないですか？」と聞いてくれる店員さんだと、ありがたく、またこのお店を利用したいと思うのです。ヘルパーさんもきっと同じことでしょう。

またヘルパーさんが気づいたことがあれば、なるべく遠慮《えんりょ》せずに伝えてもらいます。もちろん私の家なので譲《ゆず》れないことや、嫌な気持ちになることもあります。でもそんなときは「そっかー」「いまは余裕がないからいいや」と言って聞き流します。

たとえばレトルト食品などを置いてあるキッチンの引き出しを開けたヘルパーさんに「ぐちゃぐちゃで物が取りづらい。賞味期限《きげん》切れのもあるよ」って言われても、私の気が乗らないときは「うーーん、いまはいいや。また時間があるときに考える」と流すのです。たくさんの人がいるということは、いいこともあるし、問題が起きることも。だからこそ、流すこともときには大事。

1にも2にも信頼！

ヘルパーさんを信頼することが、何よりも大切。「ありがとう」と感謝《かんしゃ》の気持ちを伝えることは大事。でもそれよりも、ヘルパーさんを信頼することを大事にしています。健《すこ》やかなるときも、病《や》めるときも、ではないですが、いつも感じたことを伝えて、共有する。一緒に生活していきたい、信頼している、という思いを伝えます。

そうすることで、ヘルパーさんも私のことを信頼してくれるようになり、悩みを相談されたり、頼りにされたりと、お互いが対等になり、信頼し合える関係ができます。もちろんお互いの生活に深入りすることで、甘えが出たり、嫌な面を見てトラブルになることもあります。でもそれも信頼して話し合うようにしています。

一緒においしいものを食べる

夕飯の時間にかかるヘルパーさんには、なるべくご飯も一緒に食べてもらいます。我が家の味を覚えてもらえるし、私の好みを伝えやすくなるからです。食べながらのおしゃべりは、相手のいろいろなことを知ることができて、一気に距離《きょり》が縮《ちぢ》まります。

私がフリースクールのスタッフをしていたときのことです。お昼ご飯は、お互いにご飯を持ち寄って、必ずシェアして食べていました。最初は顔も上げず、言葉も少なかった子どもが、お昼ごはんのときに少しずつ顔を上げ、「あれはなに？」と友だちが持ってきたご飯に興味が出てきて、「おいしい」と話すようになるのです。

さらには、おいしいものをみんなで食べたい、自分がつくったものをシェアしたいと考えるようになり、フリースクールの日は早く起きて、ご飯やお菓子をつくる子どももいました。食の力は大きいと、教えてもらったのです。

ヘルパーパーティ

シフトで入るヘルパーさん同士は、顔を合わせる機会がありません。私にとっては家族同然なのに、お互いが知らないのです。そこで年2回、ヘルパー全員を呼んで、ヘルパーパーティを開いています。直接会って話すことで、いろいろな化学反応が！

あるヘルパーさんがキッチンをきれいに片付けてくれていると、次に調理をするヘルパーさんが助かります。タッパーをきれいに並《なら》べて片づけると、見やすく、取り出しくやすくなります。それを直接伝えあうことで、お互い嬉しくなり、やる気が出てくるのです。

顔がわかる関係が築けると、休みたいヘルパーさんがいたとき、他のヘルパーさんが

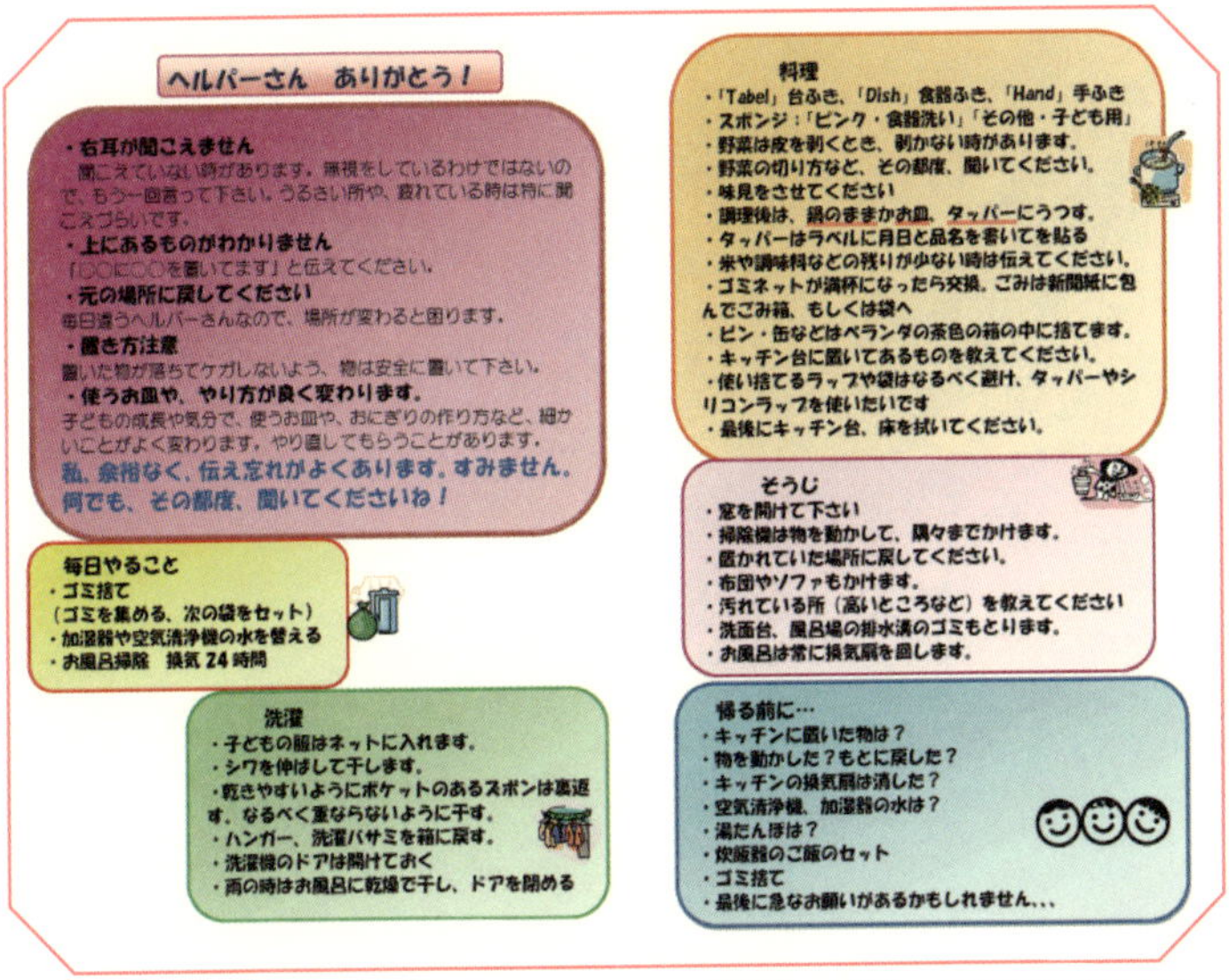

ヘルパーさん　ありがとう！

・右耳が聞こえません
聞こえていない時があります。無視をしているわけではないので、もう一回言って下さい。うるさい所や、疲れている時は特に聞こえづらいです。
・上にあるものがわかりません
「○○に○○を置いてます」と伝えてください。
・元の場所に戻してください
毎日違うヘルパーさんなので、場所が変わると困ります。
・置き方注意
置いた物が落ちてケガしないよう、物は安全に置いて下さい。
・使うお皿や、やり方が良く変わります。
子どもの成長や気分で、使うお皿や、おにぎりの作り方など、細かいことがよく変わります。やり直してもらうことがあります。
私、余裕なく、伝え忘れがよくあります。すみません。何でも、その都度、聞いてくださいね！

毎日やること
・ゴミ捨て
（ゴミを集める、次の袋をセット）
・加湿器や空気清浄機の水を替える
・お風呂掃除　換気 24 時間

洗濯
・子どもの服はネットに入れます。
・シワを伸ばして干します。
・乾きやすいようにポケットのあるズボンは裏返す、なるべく重ならないように干す。
・ハンガー、洗濯バサミを箱に戻す。
・洗濯機のドアは開けておく
・雨の時はお風呂に乾燥で干し、ドアを閉める

料理
・「Tabel」台ふき、「Dish」食器ふき、「Hand」手ふき
・スポンジ：「ピンク・食器洗い」「その他・子ども用」
・野菜は皮を剥くとき、剥かない時があります。
・野菜の切り方など、その都度、聞いてください。
・味見をさせてください
・調理後は、鍋のままかお皿、タッパーにうつす。
・タッパーはラベルに月日と品名を書いてを貼る
・米や調味料などの残りが少ない時は伝えてください。
・ゴミネットが満杯になったら交換。ごみは新聞紙に包んでごみ箱、もしくは袋へ
・ビン・缶などはベランダの茶色の箱の中に捨てます。
・キッチン台に置いてあるものを教えてください。
・使い捨てるラップや袋はなるべく避け、タッパーやシリコンラップを使いたいです
・最後にキッチン台、床を拭いてください。

そうじ
・窓を開けて下さい
・掃除機は物を動かして、隅々までかけます。
・置かれていた場所に戻してください。
・布団やソファもかけます。
・汚れている所（高いところなど）を教えてください
・洗面台、風呂場の排水溝のゴミもとります。
・お風呂は常に換気扇を回します。

帰る前に…
・キッチンに置いた物は？
・物を動かした？もとに戻した？
・キッチンの換気扇は消した？
・空気清浄機、加湿器の水は？
・湯たんぽは？
・炊飯器のご飯のセット
・ゴミ捨て
・最後に急なお願いがあるかもしれません…

我が家の「サポートブック」。気をつけてほしいこと、毎回やってほしいことなど、新しく入ったヘルパーさんでもわかるように書いてある、取扱説明書です。

「〇〇さん、子育てが大変だものね。私が代わりに来るよ」「〇〇さん、いつも仕事がんばっているよね。旅行に行くなら私がその間は来るよ」とピンチのときには協力してくれるのです。

おいしいものを食べ、楽しい時間を共有すること、どんな場面にもオススメです。

〝大家族〟って大変！だから楽しい

ヘルパーさんがいてくれてありがたいし、いないと生活はまわりません。でもやっぱり疲れることも。今日はダラダラしたいな、と思っても平日7時半にはヘルパーさんは来るし、ヘルパーさんがいる間に一人ではできないことを、すべて終わらせないといけません。時間を気にして、あれをやって、これもやってと、追われている気持ちになります。

自分のことだけなら、まぁできなくてもいいかな、明日でいいかな、と思えても、子ども2人のことは、終わらせないといけないことがたくさん。

何かトラブルが起こったら、私一人だけでは対処できないことが多く、ヘルパーさんが必要。だから、ヘルパーさんがいる間に、終わらせたいことがたくさんあるのです。

ヘルパーさんも、気分や体調に波があって、予定通りに仕事が進まないこともしばしば。長めの外出をしたくても、ヘルパーさんの体調が悪ければ早めに切り上げます。「あぁ、今日はこれもしたかったのに」と、ストレスになることも。調子が悪いヘルパーさんが来ると、家の雰囲気も少しだけギスギスします。どんなに子どもが悪いときでも、子どもがヘルパーさんに怒られているのを見ると、親の私は、悲しい気持ちにもなってしまいます。

でもヘルパーさんに「帰って！」と言えません。生活ができなくなってしまうから。優先順位を考えて、最低限のことだけを終わらせ、ヘルパーさんに少しだけ早く帰ってもらうこともあります。

近い存在だからこそ、気になること

家族だからこそ目についてしまうことがあるように、長く一緒に生活するヘルパーさんだからこそ、気になってしまうことも。しかも一回気になると、どんどん気になってしまうのです。イライラしてしまって悪循環《あくじゅんかん》。お互いに気まずくなり、どうやって改善《かいぜん》しようかとモヤモヤします。

そんなとき、冷静に考えてみると、イライラしてしまうのは、私に余裕がなかったり、私の体調が悪かったりと、自分に原因《げんいん》があることがあります。自分の体調や気持ちを大切にするって、本当に大事だなと思います。

またヘルパーさんに改善してほしいところがあって、伝えたいのだけど、もんもんと悩んで、踏みとどまってしまうこともあります。でも気が乗らない理由は、うまく気持ちを伝えられるか不安だったり、相手とぎくしゃくするのが嫌だという、私の中での揺《ゆ》らぎがあるからなのです。自分がどうしたいのかを考えて、ヘルパーさんを信頼して自分の気持ちを伝えればいいだけのことなのに。

そんなときは、あえて向き合わず、タイミングが来るのを待ちます。モヤモヤの状態《じょうたい》が続く中でヘルパーさんと過ごすことは苦しいです。家の中が気まずい空気なのは、本当につらい。でもこんな気持ち、家族に対してはよくあること。家族だからこそ見えてくる部分や、イライラすることがあるのと同じこと。改善できるタイミングを待つしかないと、割り切ります。

信頼関係が何よりの宝物

ヘルパーさんが家族のようで家族とちがうところ。それは、進学や転職《てんしょく》、引っ越しなど、いろいろな理由で辞《や》めることです。

新たな門出《かどで》を応援したいし、嬉しいですが、辞められることは残念です。新しいヘルパーさんを見つけるのは大変だし、一から信頼関係を築いていくのも大変。新しいヘルパーさんが入ると、3カ月間は様子見です。やってほしい最低限のことは伝えますが、そのヘルパーさんの人柄《ひとがら》やいいところを見極《みきわ》め、お互いがやりやすいように、調整をしていく期間です。試行錯誤《しこうさくご》を重ねながら、関係づくりに励《はげ》みます。信頼できる関係ができていないと、生活に入ってもらうのがつらくなるからです。

あまりに疲れてイライラしたら、パートナーに八つ当たりする私。これが唯一のストレス解消法《かいしょうほう》!?

年に１回、ヘルパーさんみんなでレストランでパーティ。おいしいものを食べると、いつのまにか仲良くなります。

どんな人生にも、いいところと悪いところ、同じ数だけあるように、私の生活も波瀾万丈《はらんばんじょう》。アップダウンしながら、進むしかありません。

　ヘルパーさんと築く私の生活、いちばんありがたいのは、一度信頼関係ができたヘルパーさんとは、お互いにとって、家族のような、親友のような、とっても大切な、愛《いと》おしい関係になれること。助け合うこと、人と生きていくことは、本当に宝物です。

いろいろな家族のカタチに合った制度を

私の生活に欠かせないヘルパー制度。利用できるのはありがたいのですが、困ったところもあります。「同居《どうきょ》をしている家族が介助をすべき」という考えが強く、同居人がいる障害者は、制度を使えないことが多いのです。

同居している人、私の場合はパートナーですが、パートナーが使う場所をヘルパーは掃除してはいけません。寝室やリビング、トイレやお風呂はパートナーも一緒に使うので、ヘルパーさんは掃除ができないのです。洗濯物もパートナーのものと分けて洗わないといけないし、お茶一つをとっても、彼とは別々にお湯を沸《わ》かさないといけません。

家族の一員として、家族のために私がやりたいことがあって、自分ではできないからへルパーさんにお願いしようとしても、やってはいけないのです。

ただし、親は子どもを育てる義務《ぎむ》があるので、子どもの世話はヘルパーさんがやってもいいことになっています。しかし、パートナーのことはダメなのです。

トイレもお風呂も、リビングも掃除ができないなんて！　汚《よご》しながら学んでいく子どもがいる我が家の場合、掃除ができないと病気になる可能性《かのうせい》だってあります。

だから、区役所と話し合いを重ね、例外的に認めてもらいました。パートナーが不規則《ふきそく》なシフトの仕事をしていて、家にあまりいないというのも大きな理由です。

認められたのはもちろんありがたいのですが、私がヘルパーを必要だから、ではなく、何か別の理由がないと認められないことがやるせないところ。「家族と一緒に暮らしていても身の回りのことをヘルパーさんとやりたい」「結婚《けっこん》してからもよいパートナーシップを続けるため、ヘルパーさんを使いたい」と思っても、いまの制度のままでは難しいのです。

我が家もヘルパーさんを使える時間数は週6日で、あと1日はパートナーがやることになっています。しかしパートナーも長期出張で2週間から1カ月いないこともあります。

そんなときは、ヘルパー時間数の調整が厳《きび》しくなります。

だれでも家族以外のサポートが受けられる制度を

私は大学卒業後、沖縄に戻り、実家の二世帯住宅《じゅうたく》の1階に住んでいました。完全に一人の生活で、2階には親が住んでいました。親は姉の住む県外に行くことも多く、いないことも普通でした。

でも私がヘルパー制度を使うためには、親は普段何をしていて、どんな理由があって私を介助できないのかを、市役所で細かく説明しないといけませんでした。20歳過ぎた障害者でも、結局は家族が介助することが前提《ぜんてい》なのです。

「まわりに頼らず家族で支え合うべき」という考えは、いま話題の保育園の待機児童問題とも似ているように思います。保育園に入るとき、祖父母《そふぼ》が近くに住んでいると減点《げんてん》されたり、土曜保育を利用したいと申請《しんせい》しても、祖父母に預けられないかと打診されることがあるからです。

子育ても、障害者の介助も、家族だけで解決しようとすると、多くは行き詰まります。

虐待《ぎゃくたい》や共倒れにつながることもあります。

自民党現政権《じみんとうげんせいけん》の憲法《けんぽう》改正草案を読んで、私は恐ろしくなりました。第24条《じょう》の草案には「家族は、社会の自然かつ基礎的な単位として、尊重《そんちょう》される。家族は、互いに助け合わなければならない」が新設《しんせつ》され、「家族」「扶養《ふよう》」「後見」という言葉が追加されています。家族で支え合うことがさらに強調されているのです。改正されたとき、障害者はますます生きづらくなるのではないかと、不安な気持ちでいっぱいです。

家族の助け合いだけを求められると、障害のある人だけなく、子育てしている人、シングルの人、高齢の人など、いろいろな人がより生活しづらくなるでしょう。

家族以外のサポートは、だれにだって必要なときがあります。人は一人ひとりちがって当たり前、そして家族のカタチもそれぞれにちがいます。いろいろな家族のカタチに合った制度がほしいいし、家族としてではなく、個人一人ひとりに合うように制度がつくられてほしいです。

それぞれちがう家族のカタチに合った制度があるといいな。沖縄で、私の両親と。

COLUMN 3

おすすめグッズ

世界中の紅茶を楽しむ

紅茶が大好き！　コーヒーを飲むとお腹が痛くなるので一滴も飲めず、ペットボトルに入った市販の飲み物も、炭酸水も苦手。緑茶やウーロン茶の渋みも好きではないので、毎日飲むのは家で沸かした紅茶か番茶です。

国産紅茶は甘みが深くまろやか、フランスは香りのレパートリーが豊富、そしてドイツやデンマークの無農薬紅茶は優しい味で、自然の香りの中にコクがあります。いちばん好きなのは、アメリカ Mighty leaf のジンジャーピーチと、デンマーク A.C. パークスのオーガニックアールグレイ、そしてハーブティはドイツ・ロンネフェルトのルイボスクリームオレンジ。いつもマイボトルで持ち歩いてい

（左から）A.C. パークス（デンマーク）のオーガニックアールグレイ、Migty leaf（アメリカ）のジンジャーピーチ、ロンネフェルト（ドイツ）のルイボスクリームオレンジ。

塩を変えるだけで、調理のレパートリーが広がります。前に住んでいた香川県は美味しいものがたくさんで、今でも塩やお米、醤油、そうめん、果物をお取り寄せしています。

ます。ティーバック1つが100円前後するものもあり、高いな、とも思うのですが、1パックで500㎖ペットボトル1本の量がつくれるので、意外とお得。新しい紅茶を見ると、飲まずにはいられません。

ピンチもまずはスタンプで
が〜ん
ありがとっ
よろしくね！
ぷんぷんっ
怒りもスタンプで

ケンカしたときも「ぷんぷん」のスタンプを使うと、子どもの顔なので、ついつい笑ってしまいます。

子どもも大好き！オリーブ香草塩と梅塩

我が家の調理に欠かせないのは、小豆島・谷元商会Rの「オリーブ香草塩」と和歌山・五大庵の「梅塩」。オリーブ香草塩はパスタでもサラダでも、どんな調理にも合います。梅塩はおにぎりやきゅうりの塩もみに。子どもたちの大好物です。5歳のムスコは自分でつくります。

気持ちを伝えるLINEスタンプ

そして夫婦関係必須アイテムがLINEスタンプ。友だちがつくってくれました。ケンカしたときは「ぷんぷん」、帰宅が遅くなると言われたら「がーん」、お願いごとがあるときは「よろしくね」、そして「ありがとう」。スタンプを使うことで表現がやわらかくなり、笑いにもなります。おかげで気持ちが伝えやすくなり、喧嘩の回数が減りました！　パートナーも、子どもの顔でお願いされると、仕事を切り上げ、早めに帰ってくることも。LINEスタンプは「かすがい」です。

第4章

がんばらない
ために
がんばる

数年おきに大手術。つらいこともあった子ども時代

私が生後3ヶ月で退院《たいいん》してから、骨を丈夫《じょうぶ》にする注射《ちゅうしゃ》を親が自宅で打ってくれていました。田舎《いなか》に住んでいたので自宅から病院が遠く、両親は仕事をしていたので、病院に毎日連れていけなかったのです。その副作用はきつく、気分が悪いのが私にとっては日常《にちじょう》。だってそれ以外の生活がわからないのですから。

もちろん注射は嫌でしたが、毎日打っていると泣かなくなるし、物心がつくころには「嫌といえる雰囲気《ふんいき》ではない」と察知していました。

1歳になるころ、那覇《なは》に住んでいた祖父母《そふぼ》と叔父《おじ》の家に、2階を増築《ぞうちく》し、我が家は引っ越しました。

父が出勤《しゅっきん》する午後4～6時ごろに1階の祖父母の家に行き、母が帰ってきたら2階に戻るのが日課。病院も近くなったので、病院で注射を打てることになりました。11歳まで、週3回は病院に行き、注射をし続けました。

悲しいかな、注射に慣れっこになり、保健所《ほけんじょ》や学校で、同年代の子どもたちと一緒に受ける予防接種《よぼうせっしゅ》では全然泣かなかった私。痛みに耐《た》え、我慢《がまん》強くなったのかもしれません。でも本当は、あえて痛みを感じないように、泣かないようにしていただけなのです。だって毎回「いやだ！」「やりたくない！」と叫《さけ》んだら、まわりは困るし、より時間がかかるからです。おとなしく受け入れたほうが、嫌な場面を短時間で乗り切れるからです。

許せない医療の事実

23歳のとき、衝撃的《しょうげきてき》な事実を知りました。

あんなに副作用が強く、苦しかった注射が、ほとんど効果《こうか》がなかったというのです。

私は生まれてから約10年間、骨の治療が専門《せんもん》のN先生に診《み》てもらっていました。私はそのN先生があまり好きではなかったのですが、情報《じょうほう》も少ない中、親はN医師の方針《ほうしん》を信じていました。

N先生が私を担当《たんとう》する前の研修医《けんしゅうい》のころ、同期だったというM先生に、私は23歳のときに出会いました。私がいままで受けてきた治療や手術のことを話すと、M先生は「N先生は手術を率先《そっせん》して行う人。それに、その注射で骨が強くなったというデータはほとんど示されなかった」と言われたのです。

私の両足には、骨を支え、折れにくくするための金属《きんぞく》の棒《ぼう》が入っています。成長に合わせて、その支え棒も変えないといけないので、数年おきに大手術をします。変形している骨は切って、まっすぐにします。最初に私にその手術をしたのは、N先生でした。2歳のときのことです。

でも、そんなに小さい子にその手術をした例は当時は少なく、かなり実験的だったであろうとM先生は言ったのです。私はラッキーなことに、手術後も、脚《あし》を自由に伸《の》ばしたり動かしたりできますが、それはうまくいった例で、手術をすることによって、曲げられなくなった人もたくさんいたそうです。

自分がまさか、実験用のモルモットだっただなんて。

自分の体に何度も「ごめんね」と謝《あやま》りました。

だれも聞いてくれない私の気持ち

あまりの衝撃に、N先生を信じ、その治療や手術に同意していた親への怒《いか》りもわいてきました。でも落ち着いて考えてみると、医療、医師にすがる親の気持ちは、当然だったのかもしれません。オムツを替《か》えるだけでも骨折するのだから、子どもの痛みを減らすため、専門家と言われる医師を信じるしかなかったのでしょう。

ただ、「夏子はどうしたい？」とまわりの大人にも聞いてほしかったです。N先生の一声でなんでも決まるのですから。通っていたのは大学病院で、N先生の下にはたくさんの若い医師がついていました。看護師《かんごし》もすべてを医師に確認《かくにん》して進めます。全員がN先生を

1歳のころ。転ばないように、歩行器によく入っていました。骨折を繰り返したため、両足が曲がっています。

囲み、その中で治療法や手術が決められていくのです。私が「いや」と一言でも言うと、十何人もの視線《しせん》が刺《さ》さるし、泣くとみんなで泣き止ませようとします。私の気持ちを聞いてくれる環境《かんきょう》がなかったのです。

だから「いや」とも言えないし、「こうしてほしい」とリクエストするなんて絶対《ぜったい》にできません。感じたり考えたりするスイッチをオフにし、注射や手術が、なるべく早く終わることだけを願っていました。

「障害者」は「女性」ではない？

妊娠《にんしん》して健診《けんしん》を受けることになったとき、新鮮《しんせん》な驚《おどろ》きがありました。それは、医師や看護師が、私を「障害者」ではなく、一人の「妊婦《にんぷ》」、そして「女性」として扱《あつか》ってくれたことです。

それまで、私は健診や手術のたびに、ほぼ全裸《ぜんら》で写真を撮《と》られてきました。記録のためです。数十人の医師が、真剣なまなざしで私の体を見ています。ほとんどが男性です。撮られた裸《はだか》の写真も、説明のために、あちらこちらで使われます。入院中に着る浴衣《ゆかた》タイプの入院着は、私の小さな体には合わず、胸《むね》や足元がはだけてばかり。

もちろん嫌だと感じていたはずです。でも赤ちゃんのころからずっとそうだったので、何も感じず、むしろそれに慣れっこ。「洋服脱《ぬ》いで」「目盛《めも》りの書かれた台の前で立って」

「カメラを見て」と流れ作業。ちゃんとできたら、「すごいね、きちんと話が聞けて」とほめられるし、短時間で終わります。

だから嫌だなんてとても言えませんでした。泣いて困らせて、怒られるのも避《さ》けたい。何も考えないよう、感じないよう、言われたことに忠実《ちゅうじつ》に従《したが》うしかなかったのです。

さすがに小学校高学年になると、体を見せるのが嫌になります。プールの着替えでも、女子と男子は別れて着替えるようになりますが、病院では「女性としての自分」なんて感じているとやっていけません。またまわりもそれを求めていません。

私はただの「障害者」で「患者《かんじゃ》」。「女性」ではないのです。体はただの道具だと思うようにし、大切にしたいという感覚を押《お》し殺《ころ》します。早く終わらせるために、駄々《だだ》をこねず、わざと堂々とする。それが乗り切る方法だったのです。

ただの一人の妊婦

病院は、「医師の言いなりになり、感情のスイッチをオフにする場所」。そう思っていた私は、妊娠し、診察を受けることで、その考えが大きく変わりました。

私の診察を拒否する産婦人科もたくさんありましたが、私が妊婦健診を受け、出産をした病院では、医師も看護師も、私をいつも「女性」として扱ってくれたのです。

診察の際《さい》も、服を脱がないといけないときは「すみません。タオルをかけておきますね。これでいいですか?」と一声かけてくれ、すぐに覆《おお》ってくれます。「何か困ったり、痛いときはすぐに言ってください」と言ってくれるのです。

産婦人科だから当たり前なのかもしれません。でも、「私の体が大事にされている」「一人の女性として扱ってくれる」と初めて感じたのです。他の妊婦と同じように、私も体重を測《はか》り、血液検査《けつえきけんさ》をし、エコーで検診し、赤ちゃんの状態《じょうたい》を診てもらう。

私は特別ではなく、ただの一人の妊婦。

そう感じられる、産婦人科で過ごす時間は、とても居心地《いごこち》がよかったです。

病院だけでなく、普段の生活でも「女性」として見られることは少なく、どうしても

ムスメ、生後100日に。母乳をあげるのは嬉しい反面、授乳後いつも低血糖でフラフラになるので、ミルクも交互にあげていました。

「障害者としての私」が目立ってしまいます。そんな私にとって、「女性としての私」が大前提《だいぜんてい》にある妊婦生活は、嬉しくもあり、誇《ほこ》らしいことでした。

本当は妊娠・出産以外でも、女性らしさを大切にし、誇りに思うことはできるはずです。でも、いままで「女性」としての自分を否定され続けていた私にとって、妊娠・出産で初めて、「女性としての自分」が大切にされていることを実感したのです。女性としての、ありのままの自分を誇りに思い、受け入れられるようになりました。

気づきにくい自分の気持ち、生きづらさ

「家に帰りたい、早く家で休みたい」。疲《つか》れたときの私は、そう強く思ってしまいます。家にいるときでもです。

たとえば、朝起きて体がだるいと「あぁ家に帰って休みたい」と、ぽろっと言ってしまうのです。子どもに「ママ、ここおうちだよ。まちがっちゃった？」と言われてしまうのですが。

なぜそう思ってしまうのか不思議だったのですが、そのうちに「体がつらいときは、病院に入院していたときのことを思い出してしまう」と気づきました。

私は子どものころ、何度も大きな手術をし、痛みに耐えながら入院生活を送りました。

病院ではいつも「早く家に帰りたい」と懇願《こんがん》していました。「きつい、疲れた」のスイッチがオンになると、「病院にいる感覚」になり、「早く家に帰りたいという気持ち」がよみがえってくるのです。

30年以上経ったいまでも、無意識《むいしき》にそうなるのです。

また私はガラスのテーブルが苦手で、見ると落ち着かない気持ちになってしまいます。ひんやりとしたあの感触《かんしょく》が苦手。せっかくおしゃれなカフェにお茶しにきたのに、そわそわしてしまうのです。これも「ガラスのテーブルは、レントゲン台を思い出してしまうから」ということに気づきました。

レントゲンを撮るときは、親から引き離され、一人、密室《みっしつ》の薄暗い部屋に連れていかれます。服を脱ぎ、ほとんど全裸になって、冷たいレントゲン台に素肌《すはだ》をつけて寝転がるのです。いろいろな角度で撮るので、無理な姿勢《しせい》も指示されます。少しでも動いたり、位置が悪いとやり直し。緊張感《きんちょうかん》があり、時間もかかります。ガシャン、ガシャンというシャッター音も不気味でした。

小さいころから何十回もやっているので、想像《そうぞう》はつくし、慣れています。パニックになることはありません。でも嫌だという感覚、苦しい気持ちは、私の中にずっと残ったまま。ガラスのテーブルを見ると、その恐怖感《きょうふかん》や嫌悪感《けんおかん》が一気によみがえるのです。

白い灯り、強い光も苦手で、そんな照明の場所に行くと、どっと疲れます。駅や電車内の光がまさしくそう。すぐにその場を離れたい、と思ってしまうのです。これも「蛍光灯《けいこうとう》がたくさんある入院中の病室」を思い出すからだと気づきました。

病院の照明は、普通の建物のものよりも、特に白く、明るく、無機質《むきしつ》な感じがします。入院中は、私が眠いかどうかにかかわらず、起床《きしょう》の時間になると、一気に部屋の電気がつけられました。手術直後なんて、まったく動けないので、上向きの姿勢のまま、天井《てんじょう》の光とにらめっこ。強い光の下にいるのが、苦しかったです。

今でも起きたばかりの朝に、照明の白い光を浴びるのが苦手。だから、朝はなるべく部屋の照明をつけないようにしています。

そして浴衣を着るのも大の苦手。入院着が浴衣タイプだったからです。

身につけるものの触感は、過去の思い出がよみがえりやすいのでしょう。今でも浴衣を着るとそわそわしてしまいます。旅行に行くと、ホテルや旅館のパジャマは浴衣タイプが多いので、せっかくリラックスしたいと思っていても、それを着て寝ると心地が悪いのです。だから必ず自分のパジャマを持っていきます。

妊娠・出産で入院した病院では、私服《しふく》が認められていて、それだけで気持ちが楽になりました。

「なぜ嫌なのか」に気づくことが大事

病院で体験したいろいろなことがトラウマとなり、今の私の生活のあちらこちらでよみがえってきます。「なぜか疲れるな、嫌だな」と思っても、まわりの家族や友だちは気にしていないので、「自分だけがおかしいのかもしれない」と思うこともありました。

自分がおかしいと感じてしまうと、「嫌」「やりたくない」と言いづらくなります。でもその気持ちが、自分の過去の経験《けいけん》から来るものだとわかると、自分を責めることなく、対《たい》処《しょ》がしやすくなります。「昔の嫌なことを思い出しているだけ。いまはまったくちがう状《じょう》況《きょう》だから大丈夫」と言い聞かせて、乗り切るのです。私が、病院での経験《けいけん》が生きづらさに影響《えいきょう》していると気づいたのは大人になってからでした。

人はだれでも、それぞれにトラウマを抱えています。でも、たいていが無意識なので、それに気づかないうちは、生きづらい理由を自分のせいだと思うこともあるでしょう。自分を責めてしまい、よりつらくなることもあるでしょう。

でも過去の経験を振り返って、自分の気持ちと向き合うことができたら、ネガティブな気持ちに対応《たいおう》するアイディアが見つかると思います。

また自分の気持ちを説明できると、まわりが味方になってくれることもあるのです。「このカフェ嫌い、落ち着かない」と言うのではなく、「昔の嫌なことを思い出してしまうから、他のカフェに行きたい」と伝えることができると、相手を説得しやすいのです。

自分の感覚を大切に

私は、子どものころの自分に戻りたいとは全然思いません。だってつらいこともたくさ

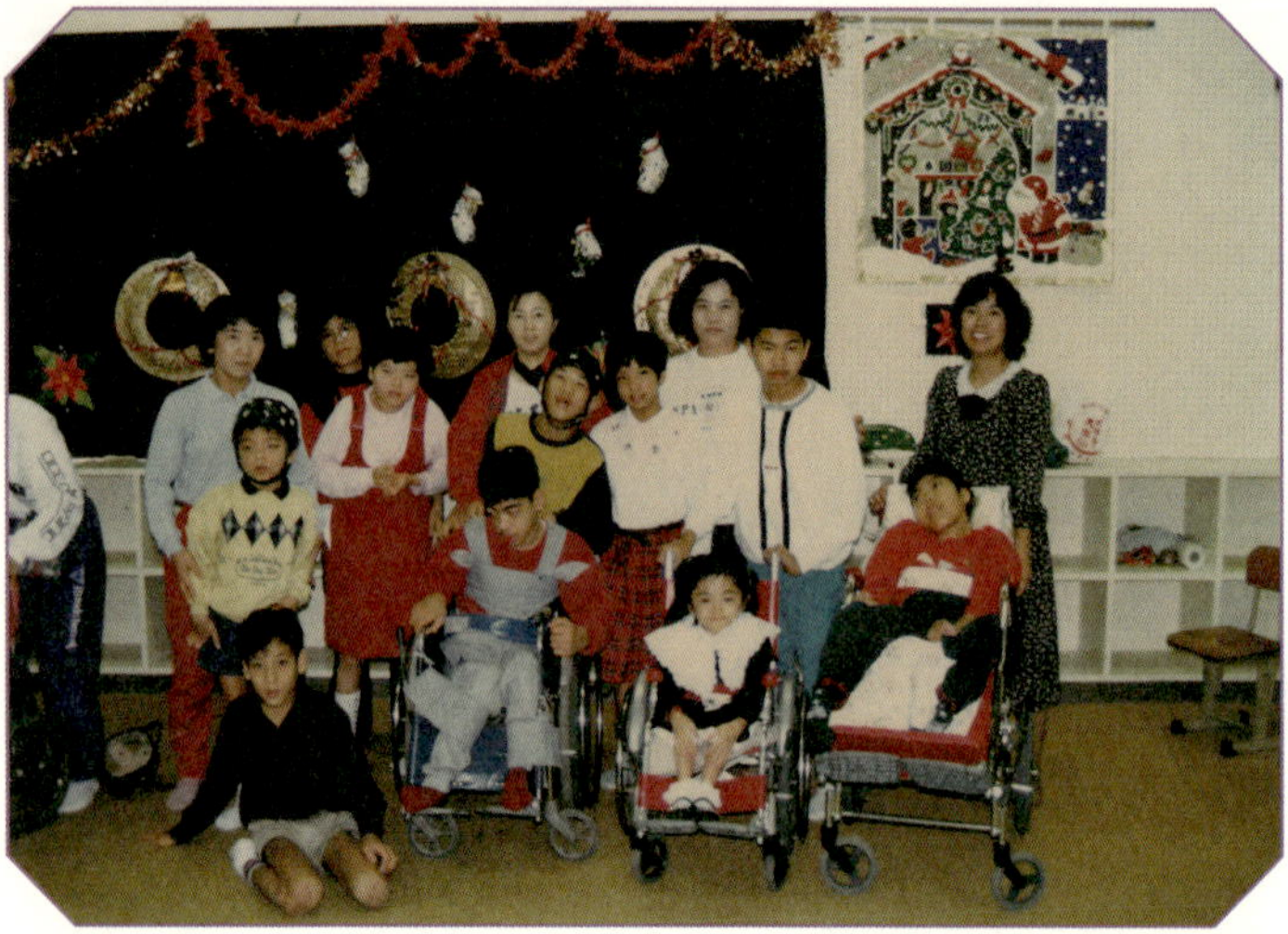

9年間通った養護学校。一人ひとりちがうことが当たり前だったのが、居心地が良かったです。

んあったから。年を重ねることで、いろいろな自分を発見し、自分を理解《りかい》し、楽になることが増えてきました。これからもさらに生きやすくなると思うと、ワクワクします。年を重ねるのもいいですね。
　自分のネガティブな気持ちを責めない。そして、自分の感じていることを大切にしませんか？

「性教育」は0歳から

小学1年生のとき、男の子のほっぺにキスをしてしまいました。

その直後、偶然《ぐうぜん》目にした週刊誌《しゅうかんし》のマンガに、男女がキスをし、次のシーンでは妊娠、そして子どもが生まれることが描《えが》かれていたのです。

「私も赤ちゃんができたらどうしよう」と急に不安になり、おなかをひもでしばりました。本当に怖くて、でも誰にも言えなくて。ほっぺにキスなんて、それまでもしているはずなのに、「キス＝妊娠」だと信じて、それを誰にも言えずにいました。


また、「おたまじゃくしのような精子《せいし》は、泳いで卵子《らんし》にたどり着く」と学校で学んだ女の子。「泳ぐってことは、水の中？　お風呂だ！」と思い込み、お父さんが入ったあとの湯船には精子が泳いでいるので、入らないと決めた、という話を聞いたことがあります。

子どもの想像力は豊《ゆた》かです。でもわかりやすい情報がないせいで、不安に駆《か》られることがあるのです。だからこそ、子どもであっても、いや子どもだからこそ、自分を大切にするために本当のことを伝えたいのです。「性教育＝セックス」ではなく、「性教育＝自分を大切にすること」なのです。

私が性教育を大切にしたい理由は、自分の子ども時代に体を大事にすることが難しかったから。骨折、手術を繰り返し、自分の体が痛くても我慢することしかできませんでした。体と心が離れている感覚があったのです。体の痛みを無視して、考えないようにして生き延びたのです。命の誕生《たんじょう》についても、きちんとした知識がなく、キスすらも危ないと感じていました。

また、移動《いどう》や着替えでも、男性に手伝ってもらわないといけないことがありました。女性としての「嫌だ」という気持ちを大切できないこともたくさんあったのです。

「女性としての自分」を大切にしようとしたら、トイレすらいけなくなるからです。本当はだれとトイレに行くのか、自分で選びたかった。そして自分の考えが言えないときは「あなたはどうしたいの?」と聞いてほしかったのです。

普通《ふつう》高校に進学したことで、「障害者」ではなく「女生徒」の一人として、まわりの友だちが接してくれたことが衝撃的でした。

プールの授業でのことです。階段を降《お》りるため、水着に着替えた私を、男性の先生が抱っこしようとしたとき、「なっちゃん、嫌でしょ。私が抱っこするよ」と女子の友だちがやってくれました。そのとき初めて、「おかしいと感じてもいいんだ。嫌と言っていいんだ」と思ったのです。自分の中でふたをしていた感情に気づいて、動いてくれる人がいたからこそ、初めて気づくことができたのです。

「障害があるから、助けてもらう必要があるから、女性性を大事にできなくても仕方ない」ではないのです。「障害があっても女性性を大事にしていい。一緒に考えよう」と言ってくれる人がほしいのです。

我が家の性教育

性について不安がいっぱいで、見ないようにしてきた私だからこそ、子どもたちには性教育をきちんと伝えたいです。我が家では子どもと本を読んだり、クイズを出したり、

「こんなときはどうする?」と想像しながら考えたりします。

ステップ1は、自分の体のことを知り、大切に、きれいにする性教育。

ステップ2は、命の誕生をはじめ、命の大切さを感じる性教育。痴漢《ちかん》などの危険《きけん》な目に遭《あ》ったときの教育も必要です。

そしてステップ3が、自分らしい生き方をするために、対等な人間関係を築《きず》くための性教育です。


ムスコが0歳のときにおちんちん講座《こうざ》を受け、毎日皮をあげてペニスを洗《あら》うことから始めました。「きれいきれいはかっこいいね。気持ちいいね」とポジティブな声かけをします。

2歳ごろから、「ペニスはプライベートゾーン。大事な場所だよ。人にはさわらせないでね。自分できれいに洗おうね」と声かけします。3歳のムスメは、私の父がお風呂で体を洗ってあげようとしたとき、「ここはプライベートゾーンだからさわっちゃダメ! 自分で洗う」と言うようになりました。

性教育の絵本もたくさんある我が家。5歳のムスコは、「ペニスがかたくなって、ワギナがぬれて、ペニスがワギナに入りやすくなるんだよ」、「卵子の大きさは、鉛筆《えんぴつ》でチョンと点を書いたくらいの大きさだよ」と教えてくれます。

我が家は、兄妹で体の性がちがうので、お風呂では性に関する話がたくさん! 頭、首、おっぱい、おなか、ペニス、ワギナ、おしりなど、体全部の名前を大事にします。そしてプライベートゾーンは人に見せない、さわらせないと話します。

私は布ナプキンを使っているので、お風呂でナプキンを洗うときに、月経や卵子、受精の話もします。そして嫌なことは「いや」「やめて」という練習もよくします。

ムスコの好きな色はピンクで、メイクも好きで、ときにはマニキュアもします。プールのときは女子用のピンクのヒラヒラがついた水着を着ています。お休みの日には私のスカートやワンピースを着ることも。

3歳のムスメは自分のことを「ぼく」と言っていて「これぼくの!」「ぼくがやる!」と伝えます。まわりからは「男の子なのに、スカートはおかしいでしょう?」「女の子だから『わたし』だよ」と言われることもあります。そんなときは、その考えを否定するのではなく「いろいろな考え方があるね。自分の好きなようにでいいんだよ、自分で決めていいよ」と伝えています。

性について伝えるとき、「自分が小さいときは教わらなかったけど、大丈夫だったよ。自然とわかるようになるよ」という人もいます。我が家でも、パートナーがムスコとお風呂に入るときに、私が「皮をむいて、ペニスをきちんと洗ってね」とお願いすると、パートナーは「僕が小さいときはしなかったから大丈夫だよ」と言いました。

自分の経験の物差しは大事です。でも子どもは、自分とまったくちがう人間だし、生きていく環境も、時代もちがいます。自分の経験だけを考えていたら、未来の可能性《かのうせい》を狭《せば》めるし、より生きづらくなってしまうかもしれません。

だからこそ、いろいろな情報がほしいし、新しい知識を取り入れるようにしています。情報を取り入れすぎると悩むこともあるので、自分の中で優先《ゆうせん》順位もつけるのですが。取捨《しゅしゃ》選択《せんたく》しながら、できるだけ多くの知識と選択肢を子どもに与《あた》えたいです。

避妊をしない夫婦が多い

私が性教育に興味《きょうみ》を持ち始めたのは、24歳で中絶件数のグラフを目にしたときのことです。子どものころに十分な性教育を受けてない大人が多い日本。中絶の件数は、10代、20代の若い人だけでなく、30代、40代の夫婦間でもとても高いのです。経済的《けいざいてき》理由をはじめ、いろいろな事情から、2人目、3人目を中絶するらしいのです。

私も30代になり、中絶をした友だちが何人かいます。夫婦間でも避妊をしない人が多いそうです。たしかに私も、避妊がめんどうだと思うことがあります。でも、ハイリスクの出産を2回もした私に、次の出産はありません。さらに初めての妊娠で流産し、手術をした経験もあります。心も体もつらかったので、もう二度としたくありません。だから絶対に避妊をします。

でもそんな経験がなければ、「まぁ大丈夫かな」と避妊がめんどくさくなって、しない人も多いのでしょう。お互いの体を大切にし、いいパートナーシップを築くため、性教育は必要だとつくづく感じます。

いま、日本にもやっと〝Me Too〟ムーブメントが起こり始めました。セクハラをはじめとするハラスメントの知識も広まってきました。いまがちょうど転機！　まずは大人が勉強し、子どもには当たり前のように性のことを伝えていきませんか？

性についてオープンなら何を聞いてもいい？

ただ、一つ忘れてはいけないのは、性の話はとてもプライベートな分野だということ。性のことがオープンなら、なんでも聞いていいと勘《かん》ちがいする人がいるのです。

たとえば私の場合、「普通にセックスできるの？　自然妊娠？」と聞かれます。また、ゲイカップルに向かって「どうやってるの？」と聞いたり、代理出産で子どもを育てているゲイカップルに「どっちの精子を使ったの？」と聞くのも同じこと。普通の人にはなかなか聞かない質問を、性についてオープンにしているマイノリティや女性には遠慮《えんりょ》なく聞いてくる人がいるのです。

私は「私の体に負担《ふたん》のない体位でセックスするし、自然妊娠でした」と答えますが、それを聞かれるのが不快《ふかい》に思うことだってあるのです。

2018年新宿のラブパレードに参加。「Get in touch」のフロートに乗って。想真さん、名取寛人さん、三ツ矢雄二さん、松阪牛子さん、東ちづるさん。

プライベートな話には、信頼《しんらい》関係が大切。聞くか聞かないかをよく考えるべきだし、答えるか答えないかは自分で決めていいのです。

子どもと性についてオープンにし、セックスの話をしているとしても同じです。「パパとママもセックスしているの？　何回くらいするの？」と聞かれたら、「プライベートなことなので、これはママとパパだけのヒミツだよ」と伝えることも大事なのです。信頼し合いながら、相手の気持ちも考えて、性の話を進めていきたいです。

「がんばらない」ためにがんばる

小さいころ、体、とくに背中《せなか》がいつも痛かった私。でも痛いのが当たり前すぎて、気に留めることもありませんでした。そんなある日、仰向《あおむ》けで寝転がっていたとき、そばにあったティッシュの箱を背中に置いてみると気持ちがいいことを発見！　ティッシュの箱だけでなく、丸めたタオルやクッション、いろいろなものを背中に当てて、寝転がっていました。こんなストレッチ法を自分で発見した私は天才⁉

骨折はとっても痛いけど、骨がくっついたら痛みは治まります。注射後の気分の悪さも、数時間したら治まります。でも背中の痛みは慢性的なもの。

痛みの原因は、骨が弱いので、頭の重みに背骨が耐えられず、背骨がどんどん曲がってしまうことです。骨がゆがむほどの強烈《きょうれつ》な痛みだったとは思うのですが、改善《かいぜん》、軽減《けいげん》できるものとは思っていませんでした。毎日普通に朝ごはんを食べて歯磨きをし、学校に行き授業を受け、帰ってきてテレビを見て、宿題をして、ごはんを食べていました。

月1回程度、肩甲骨《けんこうこつ》や腰が痛くて座るのがきつくなることはありましたが、湿布《しっぷ》を貼って、やりすごしていました。小学校高学年になり、ときどき頭痛《ずつう》がするようになって、病院で検査もしました。でも疲れの症状《しょうじょう》だと言われるだけでした。

そして大人になり、同じ障害のある友だちから、骨の弱い私たちは、座っている姿勢がいちばんよくない、寝転がることが大切だと言われたのです。

衝撃でした。それまでなんでもがんばってきた私。小・中学校を養護学校（現：特別支援学校）に通っていましたが、1日中車いすやいすに座って授業を受けていました。障害への専門性がある環境にいましたが、横になることがいいことだとは、誰も教えてくれませんでした。また医師も、背骨をまっすぐにする手術をすすめてはきましたが、寝転がる姿勢がいいことだとは言いませんでした。

あのとき、1日1時間でも寝転がりながら授業が受けられたら、背骨の変形も、痛みも少しは抑えられたかもしれません。いまの私の背骨は、変形が進み、S字型です。

私の障害、骨形成不全症の場合、背骨が曲がることで、肺《はい》や心臓《しんぞう》をはじめ、あちらこちらの臓器にも変形をもたらします。また、体は大きくならないのに、臓器は成長とともに大きくなるので、小さな体の中で臓器が圧迫《あっぱく》されることがよくあります。

障害のある骨だけでなく、二次障害で、体のあちらこちらに支障《ししょう》が出てくるのです。変形のせいで肺・気管支が弱くなり、風邪《かぜ》の治りにくい人が多いです。30代で脳梗塞《のうこうそく》で亡くなった友だちもいるし、40代、50代で心臓発作で亡くなった人もいます。

もちろん普通の人でも、脳梗塞や心臓発作になりますが、その確率《かくりつ》がとても高いと感じています。だって、私は骨形成不全症の知り合いが100人もいませんが、そんな少ない人数の中でも、脳梗塞や心臓発作になった人が数人いるのですから。

骨や心臓、肺が変形しているので、人間ドックなどの一般《いっぱん》の検査では異常《いじょう》が出てしまうことが多いです。立った姿勢で受ける検査の機械が使えないこともよくあります。簡単にできるはずの検査でも、一つひとつの臓器を専門的に見てもらう必要があり、時間も手間もかかります。

障害があるがゆえに、加齢《かれい》に伴《ともな》って起こる新たな障害、それが二次障害です。でもその研究をしている医師はほとんどいません。とにかく情報もなければ治療法もないのです。だからこそ、同じ障害のある人同士、情報交換《こうかん》するのがとっても大切。どんな症状が出て、どうやって対処したのか。知っていることで、予防策《よぼうさく》を考えることもできるからです。

時間ができたらゴロゴロする!

私の障害は、時間をかけたり、工夫をすれば、身の回りのことは自分ででき、普通の人と同じように生活ができます。

でもできるからといってがんばりすぎると、いつの間にか骨がゆがんでしまいます。振《しん》動《どう》がある電車通勤も、体へのダメージが意外と大きく、頭や肩《かた》・首に強烈な痛みが出て、動けなくなった人もいます。

だからこそ、横になってゴロゴロしたり、休む時間が大切。私はできるだけ週1回は

「休む日」を予定として入れるようにしています。

外出する前も、5分でもいいからソファに寝転がるようにします。電車に乗るときは、車いすをリクライニングして横になります。またタイヤの付いた車いすは、固定されていないシートのようなもの。電車の揺《ゆ》れでとっても揺れるのです。私は車いすから降りて、座席に座ることもあります。狭《せま》い車内で申し訳ない気持ちにもなるのですが、体を守るため、仕方ありません。車いすユーザーが、車いすから降りてシートに座っているのを見かけても、不思議に思わないでくださいね。

体がきついとき、普段なら自分でできること、たとえば洗濯物《せんたくもの》をたたんだり、洋服を出したりも、ヘルパーさんにお願いすることがあります。体がだるいときは、抱っこでトイレに連れていってもらいます。食欲《しょくよく》がないときは、おにぎりをにぎってもらいます。

まわりからは怠《なま》けているようにも見えるだろうし、甘えすぎのように見えることもあるでしょう。私だって、本当はできることは自分でやりたいです。でもがんばりすぎて無理を重ねると、さらに骨が曲がるし、臓器は変形するし、命を落とす危険だってあります。

だからこそ意識して、がんばりすぎないこと、体を休ませることを、がんばっています。

時間ができたらゴロゴロする！　でもそれも子どもがいないときに限《かぎ》ります。寝転がった私の上に、子どもたちがジャンプしてきたら即《そく》骨折しかねないからです。

休むことをだれでも大切に

でもこのゴロゴロすること、休むことは障害のない人にも大切ではないでしょうか。人は誰だって、少しの無理、我慢を続けることで、心と体を壊《こわ》し、病気になってしまいます。「がんばることはいいこと」で、「休むことは怠けること」と思ってしまいがち。どうしても休みたいときは、何か理由がないと休めないと思っています。頭痛がしたり、風邪をひいていても、「これくらいでは休めない」と思ってしまう人も多いでしょう。

私がデンマークに留学《りゅうがく》していたときのことです。10月の寒くなるころの朝礼で、校長先生が「これから寒くなるので、じゃがいもなどのごはんをたくさん食べ、いままでよりもゆっくり休みましょう」と言ったことには驚きました。子どもに対してではなく、20歳前後の若者に、たくさん食べ、ゆっくり休みましょう、だなんて！

でも寒さに閉ざされ、日照時間が少ない北欧《ほくおう》は自殺率も高く、体と心が健康であるために、休むことが大切だと言われています。また、基本的な医療費は国が負担し国民は無料なので、病気をしないための生き方を国全体で推奨《すいしょう》しているのです。

風邪をひいても仕事に行くの?

デンマークの友だちが日本にきて驚いたのは、風邪薬のCM。「今日は仕事が休めないアナタ! 頭が痛いときにはこれ! 鼻づまりにはこれ!」というセリフを聞いて、「頭が痛くても、仕事に行かないといけないことがあるの?」と。

デンマークでは風邪薬がありません。風邪の症状には薬ではなく、休むことがいちばん大切で、風邪をひいたら休むことが当たり前と考えられているからです。

日本でももっと、休むことが当たり前になったらいいのに。体を大事にすることの大切さが広まったらいいのに。だからこそ、まずは自分の体を大切にする生き方をしたい。そして相手のことを大切にしたいです。

子どもだってゴロゴロするのが大好き。いつも布団の中ではママの隣の取り合いです。

とはいえ私も、仕事や子育てでいっぱいいっぱい。休めなくて疲れているときは、パートナーや子ども、ヘルパーさんに当たってしまうことがあります。

自分がどれだけ休んでいるか、余《よ》裕《ゆう》があるかで、まわりに優しくできる度合いが変わってきますね。体だけでなく、心を休ませることも大事です。でも心は見えないから難しい。まずは体を休ませて、ゴロゴロするしかありません。

朝活や、時短料理もいいけど、朝ゴロ、時短ゴロも広めませんか？

「自分の呼ばれたい名前」を大切に

恋《こい》バナが好きな私は、好きな人と公園を散歩したり、映画《えいが》を観《み》に行ったり、おしゃれなカフェに行ったりと、デートの妄想《もうそう》をいつも膨《ふく》らませていました。

でもなぜか「好きな人の名字になりたい！」と思ったことがないのです。彼の名字になった自分を想像して、はにかむ女子はたくさんいると思いますが、私は全然そう感じなかったのです。いまとなっては過去に好きだった人たちの名字を忘れつつあるくらいです。

母は旧姓《きゅうせい》も伊是名《いぜな》で、伊是名さんである父と結婚《けっこん》し、名字が変わりませんでした。私が婚姻後、パートナーの名字になることに憧《あこが》れなかったのはその影響もあるかもしれません。

でも姉2人はちゃっかりパートナーの名字になっているので、家庭環境だけが理由ではないのかな。私はなぜか、「結婚＝名前が変わる」と思っていなかったのです。

大学生のころ、夫婦別姓の事実婚カップルの方々に出会う機会がありました。どの人も自分なりの考えを持ち、いいパートナーシップを築いていて、子どもも幸せそう。そんな姿《すがた》を見て、私も夫婦別姓にしようと決めました。

いまのパートナーにもずっとその話をしていたので、事実婚にすることは決まっていました。結婚式は彼の両親・親戚《しんせき》の反対により延期《えんき》になっていましたが、住民票の手続きで、「未届《みとどけ》の妻《つま》」の届けは早々と出しました。なぜなら新婚旅行のために、航空会社のマイルを彼と共有したかったからです。

婚姻届を出さなくても、住民票に私とパートナーの関係を「未届の妻」と記載《きさい》すれば、夫婦になることができるのです。婚姻届、離婚届《りこんとどけ》のような「証人《しょうにん》」は必要ないし、夫婦別姓を通しながら、事実上の夫婦になれるのです！　あくまで「事実上」なので、戸籍《こせき》には記載されないのですが。そしてその住民票を提出することで、普通の夫婦のようにマイルも共有できます！

パートナーの会社が事実婚を認めているので、世帯手当などももらうことができ、それもありがたかったです。

悩んだ婚姻届提出

しかし妊娠を機に、婚姻届を出すかどうか悩みました。子どもを非嫡出子《ひちゃくしゅつし》にした場合、親権《しんけん》を持つ私が交通事故などで亡くなったとき、パートナーに自動的に親権がいかないからです。煩雑《はんざつ》な手続きが必要になります。

また出生届も、親である私が直接提出しなければなりません。パートナーが提出する場合には、代理届が必要です。ハイリスク妊娠で、子どもがいつ生まれるかわからず、私の体もどうなるかわからない。無事生まれても、産後のパタパタしているときに代理届うんぬんは煩《わずら》わしいと思い、婚姻届を出すことにしました。

パートナーに私の名字になってほしかったのですが、彼も断固《だんこ》拒否。何回も話し合いましたが、彼は首を縦《たて》に振りません。

そんな妊娠4カ月ごろのある日、ベビーグッズを買いに行くため、「トイザらス」の駐《ちゅう》車場《しゃじょう》で、車を停《と》める場所を探《さが》していたときのこと。「私の名字になってよ」と彼に話していたら、なんと彼が、前の車にぶつかってしまったのです！

私は作家の田口ランディさんのことを思い出しました。彼女がデビューしたてで忙《いそが》しいとき、パートナーが育休をとることになったそうですが、その初日にあまりのストレスで、彼は交通事故を起こしたそうなのです。

男性にとって、名字が変わったり、肩書きがなくなることは、大きな恐怖なんだな、と改めて思ったのです。「そこまでストレスになるなら」と私が折れて、パートナーの名字になることに。ただ婚姻届を記入するとき、同時に離婚届も書いておきました。出産後、すぐにペーパー離婚をするためです。

無事出産したものの、すぐにはペーパー離婚しませんでした。第2子は養子を引き取ることを考えていたからです。養子を引き取れる親の条件《じょうけん》として、「3年以上の婚姻」が設《もう》けられている場合があります。養子を迎え入れるときまでは婚姻しておこうかなと考えるようになったのです。

しかし、彼の名字で呼ばれることの違和感《いわかん》、不快感《ふかいかん》はずっとありました。名前を呼ばれても、私ではなく、パートナーが呼ばれているとしか思えませんでした。事実婚で夫婦別姓を通していた香川県に住んでいたときは、婚姻前の私を知っている人がほとんどだったので、婚姻後も「伊是名さん」と呼んでくれる人ばかりでした。

でも、神奈川県に引っ越してきてからがとてもつらかったのです。「伊是名さん」と呼ばれることが圧倒的《あっとうてき》に少なくなり、「自分」がどんどんなくなっていくようでした。悲しく、自分が認められていない気持ちにもなりました。保険証をはじめとする、すべての登録が戸籍上の名前なので、市役所でも、病院でも、パートナーの名字で呼ばれるのです。

子どももパートナーの名字なので、保育園の先生方からも、パートナーの名字で呼ばれます。提出する書類には、名字のあとに、できるかぎり「〇〇（伊是名）」と記載していたのですが、それを覚えてくれる人、気に留める人はあまりいません。どんどん「伊是名夏子」が消えていく感じで、自分が存在《そんざい》しないような気持ちになりました。

だから産後、仕事を再開《さいかい》し、コラムなどで「伊是名夏子」を使うときは嬉しくて嬉しくて。やっと自分が生きている感じがしました。

念願のペーパー離婚

そして第2子を出産。いまはもうこれ以上子どもを育てる余裕がなく、養子を引き取ることも考えなくなりました。

そして、ついに!! 念願のペーパー離婚を、今年の3月にしました。ペーパー離婚ホヤホヤです! やっとです! パートナーの名字でいた5年間は、気持ち的には、ありのままでいられなかった、ある意味、偽《いつわ》っていたかのような5年間。

実際にこの5年間は、いつも子どものことを最優先に考え、子育てに追われ、幸せだったけれど自分の心と体を大切にすることが難しい時間でもありました。名前だけでなく、気持ちも、生活スタイルも、パートナーと子どもに合わせていた気がします。

でももう伊是名夏子に完全に戻ったので大丈夫! 偽りなく、ありのままの自分を大切にできそうです。

私の場合は、気持ちの面でメリットが大きい夫婦別姓、ペーパー離婚です。パートナーと一緒の名字になりたい人、もしくはパートナーの名字になっても、自分らしくいられる人は、名字を1つにするのもいいと思います。それぞれのカップルのスタイルが実現できる、選択的夫婦別姓になってほしいです。

名字に関して考えてみると、結婚したら、ミドルネーム、ファミリーネームと、2つの名字を名乗る国もあれば、お互いの名字をミックスさせて新しい名字をつくる国もあります。また夫婦別姓が当たり前の国もあります。

パートナーの名字を使っている5歳のムスコに聞いたら、「本当はパパとママ、2人の名前がほしい」とのこと。子ども自身も考えて、選べる制度になるといいのにな。

自分が呼ばれたい名前で呼ばれることは大切。だって新しい出会いは自己紹介《じこしょうかい》から始まります！　自分を示す言葉は、アイデンティティのベースになるのです。自分らしく生きるために、自分の好きな名前で生きていきたいです。

沖縄のガジュマルの木とともに。パートナーシップがいちばん難しい。最大のテーマです。

COLUMN 4

世界にひとつだけの結婚式

ドレスを2着オーダー

私が最も力を入れたイベントの一つが結婚式。まずはドレスに悩みました。一般的なレンタルのものは大きすぎるので、ドレスを2着、オーダーメイドすることに！　沖縄の伝統染色「紅型（びんがた）」の白地のドレスと、首里織の一種「道屯（ロートン）織」のピンクのドレス。染色家の友だちが織ってくれたのです！

入場する際の乗り物にも悩みました。いつもの車いすだと、私が低すぎて新郎とのバランスが悪いからです。高さがあり、安定していて、列席者の間も通れるくらい小回りの利く乗り物はないかな、と悩みに悩み、思いついたのが、スーパーマーケットのカートです！　お店からお借りし、ドレ

薬草・月桃をモチーフにした鮮やかな紅型のドレス。新郎も同じ紅型で、沖縄の正装「かりゆしウェア」をつくりました。

両親に「ケーキ入刀」をサプライズプレゼント

招待状のイラストは自分で描きました。だって市販のカードに描かれた新婦はどれも立っているんですもの。

スーパーの
カートが
大変身!

スーパーのカートをアレンジして、
新婦入退場のいすに。

乗るとこんな
感じです♪

首里織のひとつロートン織のドレス

ス風のカバーを施しました。デコレーションされた私のいすが、まさかカートだったとは!!　気づく人はいませんでした。

両親のケーキ入刀で大盛り上がり

式のメイン、ケーキ入刀は、サプライズで私の両親にしてもらいました。結婚式を挙げていなかったからです。急に指名された両親は驚き、とても緊張していましたが、おしどり夫婦らしいファーストバイトもしてくれました。いちばんの盛り上がりで、作戦大成功。

参列者の子どもたちにも楽しんでもらいたかったので、マットを敷き、ブロック、おままごとセット、クレヨン、塗り絵、折り紙、風船などおもちゃもたくさん用意しました。そのときのおもちゃは、いま我が子が使っています。

第 5 章

ピンチがチャンス！

結婚への猛反対

いまのパートナーと結婚すると決めたとき、彼の両親、親戚《しんせき》一同から大反対を受けました。「障害者《しょうがいしゃ》が家族に入るなんて、どんなに大変なことかわかっているの？」と言われ続けたのです。

パートナーが1人で、ときには私たち2人で、そして私の父も彼の実家に行き、話し合いを重ねましたが、親族の全員から怒鳴《どな》られるだけ。

2009年の秋にする予定だった結婚パーティも、列席者に招待状《しょうたいじょう》を送ったあとでしたが、キャンセルすることに。半年後の2010年3月に延期《えんき》しましたが、彼の両親、親戚からは理解を得られませんでした。彼の両親に送った招待状は未開封《みかいふう》で戻ってきて、だれも参列しませんでした。

歩けない小さな私を見て、息子《むすこ》の将来《しょうらい》を心配したのは仕方のないことかもしれません。

ただ「オムツはだれが替《か》えるの?」「介護《かいご》のために息子は仕事を辞《や》めざるを得ない」と現実とはちがうことを言われ、私たちが説明をしてもまったく聞いてもらえない。私はトイレは一人でできるし、もしオムツをしていたとしても、ヘルパーさんをはじめ、いろいろな人に手伝ってもらいます。

またパートナーは介助者ではないし、仕事は続けます。一つひとつ説明をしましたが、悲しみと怒りに満ちた人たちとは話し合いになりませんでした。

障害者との「結婚」は反対してもOK?

そして彼の両親や親戚の反対以上に私がつらかったのは、友だちや同僚《どうりょう》にも「ご両親が心配するのも無理がない」「親の悪口は言ってはいけない」と言う人がいたことでした。

私は当時、沖縄県那覇《なは》市《し》の小学校で英語指導員《しどういん》をしていました。一人暮らしや、留学経《りゅうがくけい》験《けん》もあり、自分としては自信を持って仕事もしていました。

でも結婚のことになると、私のことを知ってくれているはずの人たちも「反対されても仕方ない」と言うのが悲しかったです。「どんなにがんばっても、障害がある人の結婚は反対されて当たり前と思う人がいる」、その事実が本当に悲しかったです。そして、「彼の両親の気持ちを考えてみて」とアドバイスされることにどっと疲《つか》れました。

彼の両親の怒りや悲しみを聞き続けていると、「私たちは悪いことをしてるのではないかな。結婚をやめたほうがいいのかな」と思ってしまうこともありました。


でも、そんなときに私たちを支えてくれたのは、私の家族や友だちでした。私たちの気持ちを聞いてくれ、現状を一緒に怒ってくれました。また、結婚に反対している理由は、障害以外の他の理由もあるのに、障害だけを大きく取り上げ、堂々と反対することがあるとも教えてくれました。

友人たちは、私たち2人は悪くない、と伝え続けてくれたのです。「2人がどうしたいかだよ」と言ってくれる人もたくさんいて、本当にありがたかったです。

私が妊娠《にんしん》したときも、同じように彼の両親から大反対を受けましたが、出産後は孫をかわいがってくれるようになりました。

差別を痛感

この出来事まで、私は世の中の障害者への差別がこんなに身にしみたことはありませんでした。もちろん車いすだからかわいそうと思われたり、進路を決めるときには障害のせいで希望を通すのが難しいこともありました。

でもいつも、私を理解してくれる人が間に入って応援《おうえん》してくれ、差別をそこまで感じることはなかったのです。理解のある人が1人でもいることで、私の気持ちはぐんと変わり、物事が進んだのです。

しかし結婚のときは、にっちもさっちもいかず、強行突破《とっぱ》をしないといけませんでした。ちょっとでも気が緩《ゆる》んだら、「私たちはわがままなのか？　結婚しないほうがいいのか？」と思ってしまいそうになるからです。私たちだって本当は反対を押し切ったり、悲しませることなんてしたくなかったのです。

このつらい経験を経て、人のやることにやみくもに反対したり、非難《ひなん》するのはよくない。新しいことに挑戦《ちょうせん》する人や悩んでいる人に反対するのはやめようと決めました。自分の考えを伝えるときも、「これは私の考えだから、あなたにあてはまるかはわからないんだけど」と前置きをすることも心がけています。だって、反対意見や、過剰《かじょう》なアドバイスを聞き続けると、やりたいことを口にできなかったり、自分の気持ちを考えないようにしたり、わがままなのかもしれないと自分を責めてしまうことがあるからです。

もちろん、私の中にも偏見《へんけん》があって、人を傷つけてしまうこともあります。たとえば「目の見えない人の生活は、色が感じられなくて残念だろうな」と思ってしまうのです。でもそれは目の見える私の想像《そうぞう》する感じ方で、実際《じっさい》の相手の感じていることとはちがうはずです。

結婚への反対を機に、相手の気持ちを想像して、相手に歩み寄り続けたいと、改めて思いました。

自分が嫌だったからこそ、それを次の世代の若い人へつなぐことはしたくありません。男女格差《かくさ》や、ヘイトスピーチ、マイノリティへの差別、貧困《ひんこん》問題、パワハラやセクハラ、

子どもはママが大好き。どんな人もありのままを受け入れたいし、そんな社会になってほしいですね。

本当にいろいろな問題があります。

まずはいま、目の前で困っている人に耳を傾《かたむ》け、相手に寄《よ》り添《そ》うことから始めたいです。いろいろな人が生きているのが当たり前。情報《じょうほう》や経験がなくて、偏見を持ってしまうこともあるので、他者への想像力を持つことを心がけたいです。そして、困っている人と一緒に声を上げていきたいです。

障害のない子どもを育てて

私の障害が子どもへ遺伝《いでん》する確率《かくりつ》は、2分の1。

だから私の生む子どもは、同じように歩けなくて、骨が弱いだろうと思っていました。

同じ障害なら私は大先輩《だいせんぱい》で、スペシャリスト！　情報もあるし、自分が楽しく育ってきたから心配はありませんでした。自分が嫌だったこと、大変だったことは改善《かいぜん》することもできます。

また、ロールモデルの存在《そんざい》もありがたかったです。私と同じ障害のある女性が、同じ障害のある子どもを生み、ヘルパーさんを使いながら生活しているのを見ていたのです。その方を見ていたので、自分もできると思っていました。

また体の小さい私には、普通《ふつう》の人のように、妊娠予定日まで赤ちゃんをおなかに入れておくのは厳《きび》しいので、早産になることは確実でした、赤ちゃんは低体重出生児（未熟児）で生まれるのです。そうすると発達障害や聴覚《ちょうかく》、視覚《しかく》になんらかの障害を持つ可能性《かのうせい》も高くなります。

でも特別支援教育を大学院で専攻《せんこう》した私は、ある程度他の障害への知識もあり、自分とはちがう障害でも、試行錯誤《しこうさくご》しながらも育てていけば大丈夫だと思っていました。小・中学校の養護学校では、いろいろな障害のある友だちがいたのも心強かったです。

しかし、生んでみてびっくり！　子どもは2人とも、転んでも、ジャンプしても、まったく骨が折れません。3歳ですでに私より身長も高くなり、障害は遺伝していないようです（ごく軽度に遺伝している可能性もあるので、完全に否定はできませんが）。

障害のない子育てに拍子抜け

障害のない子を育ててみて、驚《おどろ》くこともたくさんです。まず選択肢《せんたくし》が多いのです。ムスコの場合、一時保育《ほいく》からはじまり、保育園を2回転園し、今は幼稚園《ようちえん》に通っています。ムスコの成長や性格に合わせて、また園の環境《かんきょう》を見て、転園してきました。

でも障害があったらそうはいかなかったことでしょう。障害を理解してくれるか、サポートする体制《たいせい》・環境はあるかを吟味《ぎんみ》し、何度も話し合いを重ねる必要があります。障害を理由に断られることも多いので、こちらが「選ぶ」というよりも、「受け入れてくれるか」が基準《きじゅん》になるのです。

そんな苦労と話し合いを重ねてやっと入ったのなら、転園なんて考えないでしょう。

しかし、障害がないと、空きさえあれば、保育園、幼稚園、習い事も、入れて当たり前。スムーズにことがすすみ、拍子抜けするくらいです。選択肢が豊《ゆた》かで、彩《いろど》りのある生活。こんなにちがうものか、とびっくりです。

逆《ぎゃく》にいうと、障害のない子育てがスタンダードだと、障害のある子どもを育てることをイメージし、理解するのは難しいだろうなと気づきました。自分とはちがう人への思いやり、想像力を大事にしたいと改めて思っています。

みんなちがって、みんないい？

「みんなちがって、みんないい」と、よく聞きますよね。
でもそれって本当なのかな？

私が小・中学校の9年間、養護学校に通っていたとき、毎年数回、普通学校との交流会がありました。自己紹介《じこしょうかい》をして、ゲームをして、歌を歌って。一見、楽しそうですが、「お互《たが》いを知れてよかったね。『みんなちがって、みんないい』だね」と簡単にまとめられた気がしました。そして交流会が終わったら、さようなら。それ以後、遊んだり、おしゃべりすることはありません。

私は本当は、テレビの話や、家族の話、好きな芸能人の話など、友だちとのたわいもないおしゃべりをしたかったのですが、プログラムにはそんな時間はありません。学校がちがうことが残念だと、伝えることもできませんでした。物足りなかったので、交流をしていたクラスに手紙を書きました。「もしよければ文通をしませんか?」と。すると10人くらいの友だちが手紙をくれ、手紙のやり取りだけでなく、電話をしたり、土日に会って遊んだりと、本当の友だちになることができました。

小学校で始めた文通は、お互いが中学生や高校生になり途絶《とだ》えましたが、大人になったいま、またSNSでつながった友だちもいます。

お互いを知るために「交流」が大事だと言われます。外国の人、たとえばフィリピンでも、カナダでも、他の場所に住む人となら「交流」でもいいのです。でも障害のある人と、ない人は、同じ国、同じ地域《ちいき》に住んでいて、当たり前に一緒に生きています。でも外国のような壁《かべ》があり、分けられているので、「交流」と言ってしまうのではないでしょうか。だって、同じクラスにいる友だち同士が遊ぶことは「交流」とは言わないですよね。

人は一人ひとり違う

自分だけ分けられる、離《はな》されるのはだれだって嫌なはず。でも障害があると、「専門的なサポートが必要だから、分けることがいいこと」と思われることがあります。

障害のあるなしの「ちがい」だけを見ていると、お互いを「障害者」「健常者《けんじょうしゃ》」とラベルを貼って見てしまいがち。お互いが同じ「人」だということを忘れてしまいます。

障害の有無で分けるのではなく、「人は一人一人ちがうこと」をもっとみんなで考えたいです。障害のない人も、できること、できないこと、得意なこと、不得意なことは、一人ひとりちがいます。だから、それぞれにあった教育、サポートが受けられるようになってほしいです。

たとえば、その日の体調や気分によって、今日は友だちがたくさんいるクラス、今日は保健室、今日は個人指導と選べる。さらには人によっては、特別支援学校に週3回、普通学校に週2回と、自分らしくコーディネートして通える制度がある。そしたらいろいろな子どもがもっと生きやすくなるのにな。

スタッフをしていたフリースクールのお泊まり会。パンダと一緒に、子どもたちの悩みを聞きます。

そう思うようになったのも、大学4年生から約2年間、東京でフリースクールのスタッフをしていたからです。もともと学校に行かないホームスクーリングの子、不登校の子、普通学校とフリースクール両方に通う子、いろいろな子どもがいました。障害のある子も、ない子もいました。

学校の日はなかなか起きられない子でも、フリースクールの日は、早起きをして、お菓子《かし》やお弁当をつくってくることもありました。ドッヂボールをするときも、骨が弱い人のためにやわらかいボールを使ったり、体ではなく車いすにボールを当てるルールを設《もう》けたり、その場に応じて子どもたちは話し合って決めていきます。障害のあるなしに関わらず、お互いが困ったことを話し合い、どうやったらみんなが一緒に遊べるかを考えていくのです。試行錯誤が当たり前。一緒に遊びながら楽しみを見つけていくのです。

勉強をしたいときには、大人がサポートします。自由な環境ですが、見守る大人、信頼《しんらい》できる大人が必要です。子どもが自分の居場所《いばしょ》を選ぶこと、学び方を選ぶこと、仲間がいることが大切だと気づかされました。

だから、学校や組織で、障害のある子とない子を分けなければならないとき、「本当は一緒がいいけど、どうするのがいいかわからない。みんなで考えよう」と、大人が子どもを巻き込んで考えてほしいのです。きっと大人が考えつかなかったようなアイディアが出てくるはず。だって、子どもは助け合う天才だからです。

慣れることで変えていく

「みんなちがって、みんないい」は、いろいろな人が同じ場所で過ごして初めて言えること。

「お互いのちがいを受け入れる」には、「慣れる」がキーワード。最初は「ちがい」にばかり目がいきますが、だんだんと共通点を見いだしたり、一緒に笑ったり、ときにはケンカしたり。いつのまにか障害が気にならないくらいになります。

私がコラムや講演会《こうえんかい》で伝え続けるのは、「こんなママもいるんだ」と知ってもらい、障害のあるママの存在に慣れてほしいと思うからです。自分の障害についても話すけれど、私もみんなと同じ、笑ったり、悩んだり、落ち込んだりするママの一人ということを伝えたいのです。

子どもが保育園に入園したてのころは、先生方や保護者は、車いすの私にどう接していいのかわからず、不安だったようです。私が動くと、みんなの視線が集まり、緊張感《きんちょうかん》がありました。子どもたちは車いすがめずらしいので、すぐに寄ってくるのですが、先生は私の移動を心配し、「どいて」と子どもたちを注意することも多かったです。

私は一人の親として見てもらえるよう、まわりに積極的に話しかけるようにしました。

「先生の靴下《くつした》かわいいですね」「○○くんと一緒に遊んだ、とムスコが話していました」などなど。クラスの保護者で先生方へプレゼントをするときは、選ぶ係を率先《そっせん》して引き受けました。

だんだんと保育園の先生方や保護者も私の存在に「慣れ」、特別な視線はなくなりました。私が子どもの横を通っても、注意する人はいません。ムスコもムスメも3年間ずつ通った保育園。本当にありがたかったです。


また、「慣れる」ということの、おもしろいエピソードなのですが、私のパートナーは、長期出張から帰ってくるたびに、私を見て「こんなにちっちゃかったっけ？」と驚くのです。環境が変わると、慣れていたことも変わってしまうのですね。

私のほうは、彼がいない生活に慣れてしまい、いないときのほうがスムーズに一日が終わるんだけどな、と思いつつ、あえてそれは言わないようにしています。

できないことが多いから、頼れるものを増やす

家族でハワイ旅行に行こうとしたときのことです。夜中出発のフライトで、夕方羽田空港に行こうとしたら、パートナーが体調不良。ギリギリまで寝ていたいと言います。1歳と3歳の子どもがいて、雨も降《ふ》ってきて、荷物だってたくさんあります。どうやったら空港に短時間で、楽に行けるでしょうか？　電車？　タクシー？　リムジンバス？　だれかにお願いして送ってもらう？　いろいろ考えました。

でも車いすユーザーなので、選択肢は限《かぎ》られてきます。

車いすが乗れるタクシーは、たいてい2、3週間前から予約しないと乗れません。リムジンバスも、階段しかなく、車いすでは無理です。友だちに送ってもらおうと思っても、私の電動車いすは折りたたみができないので、普通の車に載《の》せられません。結局は電車し

かないのです。乗り換えだってあるし、時間もかかります。

仕方がないので、3歳のムスコと私は、早めに出発し、電車で空港に向かい、パートナーとムスメはギリギリまで家で休み、リムジンバスにしました。

障害があると、いざというときに使えるもの、頼れるものが極端《きょくたん》に少ないのです。東日本《ひがしにほん》大震災《だいしんさい》のときもまさしくそうで、障害者の死亡率は住民全体の約2倍でした。

東京大学先端科学技術研究センター准教授《じゅんきょうじゅ》の熊谷晋一郎《くまがやしんいちろう》さんは「自立とは、依存先《いそんさき》を増やすこと」と言っています。歩ける人たちは、使えるもの、つまり「依存できるもの」がたくさんあって、その場に応じて選んで、自由に動くことができます。

でも車いすユーザーをはじめ、障害者は依存先が極端に少ない。障害者も使えるもの、依存できるものが、増えれば増えるほど、自立につながるのではないでしょうか。

自分はなんでもできて、自由に動ける、自立していると思っても、それは、「依存できるもの」がたくさんあるからなのかもしれません。障害のある私も、もっともっと頼れるもの、依存できるものが増えて、その場に合わせて選んで、自由に動きたいです。

新宿駅から表参道駅まで、車いすで何分？

車いすでは、電車に乗るとき、ホームと電車の間に隙間《すきま》があるので、駅員さんにスロープを出してもらわないといけません。乗る駅でだけでなく、降《お》りる駅でもスロープを用意してもらうので、駅同士で連絡を取ってもらいます。

私がＪＲ新宿駅から、山手線に乗って渋谷《しぶや》で乗り換え、銀座線《ぎんざせん》で表参道駅に行こうとしたときのことです。携帯《けいたい》のナビ検索《けんさく》では所要時間約20分でした。さて車いすユーザーの私は、何分かかったでしょうか？　みんなと同じ20分？　2倍の40分？　3倍の60分？

正解は57分。約3倍の時間がかかったのです。

ホームと電車の間に隙間や段差があるので、スロープが必須です。

まず混み合う新宿駅の改札で、駅員さんに声をかけ「渋谷乗り換えで表参道に行きたいです。スロープを出してください」とお願いするまでに数分かかります。スロープを出してくれる駅員さんが来るまでに、10分程度かかります。土日は30分待つこともあります。

ＪＲ新宿駅は、東口、西口、南口、サザンテラス口など、いろいろな改札口がありますが、エレベーターが全ホームについているのは南口だけ。たとえ西口に用事があったとしても、必ず南口を利用しないといけないのです。ホームに行くまでにも時間がかかります。

降りる駅でもスロープを出してもらうので、乗る号車を決め、連絡が取れるのを待ちます。電車に乗るまでに、この日はすでに30分が経過していました。

歩ける人なら、改札を通り、階段を上がり、来た電車に乗るだけですが、車いすだと、係の人を呼び、遠回りしてエレベーターに乗り、駅同士の連絡を待つのです。渋谷駅に着いても、銀座線に乗り換えるまでに難関が。階段だとすぐに乗り換えができるのですが、エレベーターだとかなりの遠回りに。

一緒に声を上げて

結局新宿から表参道に着くまで、合計で7つのエレベーターに乗り、57分かかりました。スロープを出す係の人も、連絡を取り合う駅員さんも、がんばっています。でも車椅子の私も、スロープを出す駅員さんも、駅同士で連絡を取る時間も、手間も、みんなが大変。車いすでも電車に乗れるので、たしかにバリアフリー。でも、こんな不便なバリアフリーでは、疲れてしまいます。

次々と開発され新しい改札口ができるJR新宿駅でも、エレベーターは増えないし、駅員さんの数も足りていません。ネット予約で簡単に買える新幹線《しんかんせん》のチケットも、車いす席は窓口《まどぐち》か電話でしか買えません。窓口に行くのにも、買うために並ぶのにも、時間がかかります。


新宿〜表参道を車いすで移動する実際の映像《えいぞう》をYouTubeにアップしてありますので、「車いすユーザーの暮らし　伊是名夏子」で検索してみてください。

自分と状況《じょうきょう》のちがう人の不便さというのは、なかなか想像しづらいものです。それは私も同じです。でも、もし共感してくれたら、一緒に声を上げてもらえるとうれしいです。

当事者だけでなく、まわりの人も一緒に声を上げてもらえると、大きな力になります。

車いすユーザーにだけでなく、高齢者《こうれいしゃ》にも、ベビーカーにも、そしてあなたにも。「いろいろな人にとって便利」を形にするため、一緒に考えて、声を上げてもらえませんか？

ルールを変えてみよう！

子どもとよく行く公園に、自転車通行禁止《きんし》のポールが置かれることになりました。自転車に乗ったまま公園内を移動する人がいて、危《あぶ》ないからです。

しかしそのせいで車いすの私は、毎回ポールをどかさないと通れなくなり大変。ベビーカーも同じです。坂道にあるので、ベビーカーにブレーキをかけ、ポールをどかし、ベビーカーを通し、またブレーキをかけ、ポールを元に戻すのです。本当に大変。

車いす専用駐車場《ちゅうしゃじょう》でのことです。一般《いっぱん》の人が車を停《と》めてしまうのを防《ふせ》ぐため、ポールが置かれることがあります。でも、そこに駐車するためには、車いすユーザーが毎回ポールを移動させないと駐車できません。車いすの人のためのルールなのに、逆に手間がかかってしまい、本末転倒《ほんまつてんとう》です。

ルールをつくるって本当に難しい。

ルールは大多数の人、多くは健常者のためや、力がある人のためにつくられることが多く、平均よりズレたマイノリティや、立場の弱い人が我慢《がまん》をしないといけないことがよくあります。一見障害者のためになりそうなルールでも、使いにくいこともよくあります。

だからこそ、一度ルールを決めたら終わりではなく、試《ため》してみて柔軟《じゅうなん》に変えることができればいいですね。公園に置かれた自転車通行禁止のポールも、ポールでなく、看板《かんばん》を立てるだけでもいいのかもしれません。

そして、不便だと思ったら、「困っています」「もっとこうしてほしい」と、利用者が気軽に伝えられるシステムがあるとうれしいです。また、仲間が一緒に声を上げ、動いてもらえると助かります。一度できたルールだって、不便なら変えられる、そう信じたいです。

本当の「バリアフリー」って？

「バリアフリー」って、「障害がある人のために、使いやすい設備《せつび》を用意すること」と思いますよね。でも、それってちょっとちがうように思うのです。

車両ごとにルールがちがうデンマーク

私が留学していたデンマークの電車は、ベビーカー、車いすだけでなく、いろいろな人が使いやすいようにできています。車両ごとにマークがついていて、「車いす・ベビーカー・スーツケース・自転車」のマークがついた車両では、ホームと車両の間に段差がないので、ベビーカー、車いす、自転車もすぐに乗れます。

車内の座席は、映画館のいすのように開閉できるもので、普段は閉《と》じた状態《じょうたい》、座るときに開きます。そうすると車内がとても広く、ベビーカーも、車いすも何台でも乗れます。大きな荷物の置き場にも困りません。自転車ユーザーが多いデンマークでは、通勤《つうきん》時間の車内は自転車だらけ。まさしく自転車ラッシュです。

また携帯電話やおしゃべりOKのマークがついている車両もあれば、携帯電話はダメで静かにする車両もあります。ペット連れOKの車両もあります。友だちと一緒におしゃべりしたかったら、話ができる車両を選ぶ。静かに本を読んだり、休みたいときは、それ用の車両に座ればいいのです。

電車一つをとっても、その日の自分がやりたいことに合わせて車両を選ぶことができるのです。

人は一人ひとりちがうから、いろいろな選択肢を提供《ていきょう》することが自然なデンマーク。障害のある人のためにバリアフリーを考えるのではなく、それぞれの人に使いやすい形をつくっていくから、みんな居心地がいいのです。

あなたが使いやすいトイレは？

最近増えてきた多目的トイレ。車いすの人だけでなく、赤ちゃんや子ども連れ、大きな荷物を持った人、手すりが必要な高齢者、着替えがしたい人、セクシュアルマイノリティなど、いろいろな人が使います。

障害者のために考えられてきたことが、いろいろな人の使いやすさにつながってきたのです。

悲しいことに、障害者が「これは使いにくい」「こんな設備がほしい」と声をあげると、「自分のことばかり主張している」と、バッシングされることがあります。でも、実は障害がない人も、ちょっと不便だけど我慢していたこと、こうなったらいいなと思うことがあるはずです。

「自分だったらどんなトイレが使いやすいか」を考えてみてください。「自分のために」を視点に考えてみると、わがままだと思われないかと心配になったり、我慢できる範囲《はんい》だったら我慢をしてまわりに合わせようと思う人も多いでしょう。でも、そうやってまわり

車いす、ベビーカー、自転車だって何台も乗れる、デンマークの電車内。

に合わせて、我慢を続けると、自分の主張をしている人を見るとイライラしたり、「私だって我慢しているんだから、あなたもしなさい」と思ってしまうのではないでしょうか。

相手の使いやすさを認めるためには、自分の便利さも保証《ほしょう》してもらうことが大切です。自分も無理なく快適《かいてき》に過ごすため、相手の快適さも大事にする。お互いに我慢せずアイディアを出し合って、想い合うことが当たり前になれたらいいな、といつも思っています。

車いすのお出かけあるある

車いすでのお出かけの最大の難関のひとつは、エレベーターに乗るための待ち時間が長いことです。駅やデパート、水族館に、アミューズメントパーク、エレベーターに乗るために、とにかくとにかく並ぶのです。

私がよく使うところで、特に並ぶのが、小田急線・新宿駅の南口改札エレベーター！混みあう土日は、エレベーターに乗るために10分以上待つこともあります。

エレベーターが狭《せま》く、一度で乗れる人数が限られているせいもありますが、エレベーターを必要とする人が多いのです。車いすやベビーカーだけでなく、高齢者、妊婦《にんぷ》、大きなスーツケースを持った人、いろいろな人がいます。「車いす・ベビーカー優先《ゆうせん》」と書かれていても、気にとめる人はいません。

デパートでも大変なエレベーター。エントランスの1階では、順番に並んでいたら乗れるのですが、途中階、たとえば5階の子ども服売り場に降りたら、もう最後。5階で買い物を済《す》ませ、7階のレストランフロアに行きたいと思っても、1階から、毎回エレベーターが満員で来るので、乗れません。

乗れない私を見て、エレベーターの中の人たちは、無言で、目を合わせません。まるで「私たちも並んで乗ってきたし、次に乗ってください」と言っているようです。「いや、次もきっと乗れないんですけど」と内心つぶやく私。ドアは微妙《びみょう》な雰囲気《ふんいき》のまま閉められます。

私は2回待っても乗れなかったら、3回目は自分から「すみません！　2回待っていても乗れないので、だれか譲《ゆず》ってもらえませんか」と言うことにしています。そんなこと言いたくないのですが、黙《だま》っていてはいつまでも乗れないのでしかたありません。

私の車いすの大きさは約100㎝×70㎝。A1サイズのポスターとほぼ同じ大きさ、広げた新聞より一回り大きいくらいです。立っている人の6～8人分のスペースです。エレベーターが混み合っているとき、その分の広さが空いていることなんてほとんどありません。最低でも6人に降りてもらわないと、車いすは乗れないのです。

「どうぞ!」を広めよう

エレベーターを譲ってくれない人も、決して悪気があってやっているわけではないのはわかっています。

車いすユーザーはエレベーターに乗らないと移動ができないと知らないだけなのかもしれません。すごく疲れているのかもしれません。譲れないくらい急いでいるのかもしれません。譲ろうと思っても、「どうぞ」の一言を言うのが恥ずかしいのかもしれません。また「どうぞ」と譲ったとき、断られた経験があり、譲ることをやめてしまったのかもしれません。携帯電話に夢中《むちゅう》で、必要な人がいることに気づかないだけなのかもしれません。いろいろな理由があると思います。

でも気づいたら「どうぞ」と譲ってほしいのです。歩ける人にとっては「ちょっとラク」なだけのエレベーターですが、車いすやベビーカーユーザーにとっては、乗らないと

舞台「月夜のからくりハウス〜平成まぜこぜ一座〜」で、マメ山田さん、後藤仁美さんと。

移動できない不可欠なものなのですから。
一人で恥ずかしいなら、友だちが一緒のときから始めてもいいかもしれません。譲ったことを断られても、気にしないでくださいね。それぞれの事情があるのですから。

そしてあなたも急いでいたり、疲れていたり、体調が悪いとき、ケガをしているときは、遠慮《えんりょ》せずにどんどん優先席に座り、エレベーターを使ってください。
できるときに、できる人が譲るだけ。それだけなのです。それが広まってほしいです。

車いすでも行きたい
―合理的配慮―

テレビや雑誌《ざっし》で特集される、人気のイタリアンのお店。私も行きたい！　でも階段しかない建物の2階で、車いすでは行きづらそう。

2016年に「障害者差別解消法」という条例《じょうれい》ができ、障害のある人への配慮が義務《ぎむ》づけられました。2階にあるレストランでも、車いすユーザーのためのサービスを考えないといけなくなったのです。さて、どうしますか？

エレベーターがあるともちろんありがたいですが、小さい個人店でエレベーターをつくるのは、経済的《けいざいてき》にも、建物の構造上《こうぞうじょう》も難しいかもしれません。

ここでポイントなのが、この障害者差別解消法では、バリアフリーにする義務ができたのではなく、障害のある人も、ない人と同じように生活できるようにするため、今あるものを変更《へんこう》・調整することなのです。これを「合理的配慮」といいます。

お店の人に車いすを持ち上げてもらい、お店に入るのも一つの方法です。忙しい時間ではなく、店員さんの手が空くライチタイムが終わるころに行くのもアリでしょう。テイクアウトのメニューを用意するのもいいかもしれません。もし1階に少しでもスペースがあれば、テーブルを1つ置き、席をつくるのもいいアイディアですね。

お店と、障害のある人が一緒に話し合いながら、どんなサービスなら提供できるか、どうやったら利用できるかを考え、歩み寄る。それが「合理的配慮」です。

嬉しいサービス

大好きなファーストフード店で、私が感動したエピソードを紹介します。

1階には数席しかなく、2階がメインの客席です。お手洗いも2階なので私は使えません。1階席でフライドポテトを待っていると、店員さんが「お手洗いが使えなくて申し訳ないです。手が洗えない代わりにと言ってはなんですが、アルコールを含《ふく》ませたおしぼりです。よければお使いください」と持ってきてくれました。インフルエンザが流行っている時期だったので感動しました。
トイレが使えないのを承知《しょうち》で利用しているお店でしたが、その気遣《きづか》いがとても嬉しかったです。私、実は、いちばん好きな食べ物はフライドポテト！　大好きなフライドポテトのお店で、そんなサービスをしてもらったのが、本当に嬉しかったです。

また新しくできたケーキ屋さんでのことです。試食を配っていたので並んで待っていました。でも私の前に横入りする人がたくさんいて、全然もらえません。小さい私が目に入らないのか、1人で買い物をすると思われていないのか……。残念な気持ちになりながらも待っていると、店員さんが「先にお待ちのお客さまがいらっしゃいますので、順番にお待ちください」と横入りのお客さんを制してくれたのです。
車いすユーザーというより、一人のお客さんとして見てもらえたその一言が嬉しくて、ケーキもさらにおいしく感じました。

どんなお店にも車いすでも入れて、みんな同じように自由に買い物できたらありがたい

車いすも入りやすいお店が理想。でも、ちょっとした気遣いやサービスがあれば、居心地よく過ごせます。

です。でも人は一人ひとりちがうので、「誰にとっても使いやすい」を形にするのは難しいでしょう。そんなとき、ちょっとしたサービスや一声で、不便さをカバーできることがあるのです。

車いすトイレがないときは、最寄《もよ》りの車いすトイレを表示《ひょうじ》してもらえたら便利です。階段しかないときは、店員さんが気づいてくれたり、呼び出しボタンがあったり、電話番号が書いてあったら、ありがたいです。

少しずつ、できることから、みんなにとってすごしやすい街になっていってほしいと思います。

車いすと子育ての意外な共通点

子育てしていて気づいたのですが、子どもに優しいお店は、車いすにも優しいのです。ベビーカーが使いやすいように段差がなく、通路が広いことが多いので、車いすでも入りやすいのです。お店を選ぶとき、「バリアフリー」と書かれたお店を探すより、「子連れお出かけ」や「子どもと一緒に入れるお店」を基準に選んだりするくらいです。

コスパがいいところもあれば、おしゃれなところ、味で勝負しているところなど、バラエティ豊かで選ぶ楽しみが広がります。その日の気分や予定に合わせて選べるので、子連れに優しいお店は、車いすにとってもありがたいです。

また、私が車いすに取り付けている便利グッズも、ベビーカー用のものが多いのです。

ペットボトルホルダー、荷物を掛《か》けるフック、日傘《ひがさ》など、ベビーカー用のものを使っています。車いす用につくられた福祉用品は、いいお値段で、落ち着いた感じのものが多いのですが、ベビーグッズはお手頃で、かわいく、種類が豊富《ほうふ》。100円均一のお店にもたくさんあります。

子育てを通して、車いすでも使いやすいものを見つけることができてラッキー！　子ども用のいすやお箸《はし》を試しに使ってみると、使いやすさを実感！　身長100㎝の私にとって、いままでの一般的な商品がどれだけ合っていなかったか、初めて気づきました。

子育て中の友だちからも、「ベビーカーを使うようになって、駅のエレベーターが不便だということに初めて気づいた」という声を聞くようになりました。

子育てしやすい街は、きっと障害者も暮らしやすい街です。設備やルールの使いにくさ、不便さも、みんなで一緒に改善していきたいです。

ピンチだからこそ人に頼る

困ったときには、「まわりを巻《ま》き込《こ》む」がキーワードです。

子どものころ、家の近くにできたショッピングモールに毎週のように通っていた私。店内は平坦《へいたん》なので、車いすが使いやすく、一人で動けることが嬉しかったのです。

しかしいまから約30年前のことなので、お店には車いす用トイレがなかったのです。本も見たいし、雑貨も選びたい、でもトイレを気にしなくてはならず、そこが残念でした。そこで思いついたのが「あなたの声をお聞かせください」と書かれた箱に「車いす用トイレをつくってください」と書いて入れること。

自分一人の意見ではダメかなと思い、お店から用紙を持ち帰り、家族や友だち、学校の先生など、何人かにお願いして書いてもらいました。すると、なんと1カ月後に車いす用トイレができたのです！　12歳の私はとても嬉しかったです。

困ったことがあったら、自分から動いて、声を上げていかないといけません。でも一人だけで声を上げると疲れたり、ときにはあきらめて倒《たお》れてしまうことも。だって私の考えとちがう人が、私を批判《ひはん》してくることだってあるのですから。だからこそ身近な人に自分が困ったことを伝え、理解してくれる仲間をつくることは大切。

仲間がいるからこそあきらめずに動き続けることができるのです。そして一人では思いもつかなかった、新しいアイディアが生まれることもあります。

味方になってくれるママ友

我が子がいま通う幼稚園は、階段がたくさん。私は教室まで子どもを迎えに行くことができません。転園する前に、とても悩みました。

そんなとき、ママ友が事前に私のことを幼稚園に話してくれました。そのおかげで、先生方も私のことをイメージしやすく、あたたかく迎えてくれました。

車いすママの私を初めて見た人が動揺《どうよう》するのは、無理もないことでしょう。でも相手に驚かれると、実は私も不安になってしまうのです。

でも今回はママ友のおかげで、スムーズでした。私も安心して、ちょっぴり変わった我が家の子育てについて詳しく話すことができました。ヘルパーさんやファミリーサポート、ボランティアなど、たくさんの人が迎え来る、ということも伝えられ、私が一人で迎えに行くときは、先生が階段の下まで子どもを連れてきてくれることになりました。


困ったことがあるとき、一緒に動いてくれる人がいると心強いです。間に入ってくれる人がいることで、物事が順調に進みやすくなるのです。もちろんそんなワンクッションがなくても、障害のない親と同じように、障害のある親の日常もサクサク進んでほしいのですが、いまはまだ見慣れないので難しいですよね。

車いすママの存在が、気にも留まらない姿《すがた》になるよう、理解してくれる仲間、ママ友が増えてくれるとありがたいです。助け合える人が増えると、気持ちも楽に、そして楽しくなります。

子どもは助け合うことの天才。頼るのも大好き。お手伝いも大好き。

ピンチがチャンス！　困っているときこそが、人を頼ることができ、人とつながることができるときです。そして頼られたほうも、必要とされたこと、役に立ったことを、嬉しいと感じてくれます。生まれてからずーっと人に頼ってきた私がいうのですから、間違いありません。

そして頼ってばかりだったあなたも、いつの間にか人から頼られる存在になっていることでしょう。

「頼る」ことは、お互いが幸せになるラッキーチャンス。ちょっとしたことからあなたも始めてみませんか？

COLUMN 5

車いす旅

バリアフリーな海外でも、準備は周到に

車いすでも海外によく行くので、驚かれることも多いのですが、ほとんどの空港は、飛行機会社専用の車いすがあり、機内でもキャビンアテンダントがサポートしてくれます。

ただ、海外に行くとき、持ち物や事前準備には特別に気をつけます。電動車いすを充電するためには、変圧器が必要です。車いすが壊れたときになおしてくれるところを調べていくこともあります。骨折したときに説明がうまくできるよう、自分の体のことを英語で紙に書いておき、いつも持ち歩きます。飛行機に乗るときは、車いすのバッテリーの外し方、ブレーキのかけ方などを英語で紙に書いておきます。

大学のサークルの友だちと山中湖へ

アメリカ・アルカトラズ刑務所

アメリカ留学中にサンディエゴ旅行

留学中、家族が遊びにきてくれニューヨーク旅行

カナダ一人旅。モントリオールのお祭り

Dick Bruna が好きすぎて、一人でオランダのミュージアムへ

一人でも、友だちとも、子連れでも。旅が好き♡

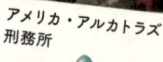

オーストラリアの海岸。私の後ろにはアシカがたくさん

新婚旅行はヨーロッパ5ヵ国周遊

ミャンマー旅行

ロンドンパラリンピック開会式へ

ハワイ旅行。パートナーが体調を崩し、ホテルに缶詰めに

デンマークのクリスチャニアバイク。家族みんなで1台です

トラブルこそが旅の醍醐味

カナダを1カ月、一人旅していたときのこと。翌日泊まるホテルを見つけるのに難航し、電話ボックスから、ガイドブックに載っているホテルに一軒一軒電話をし、2時間かかったこともありました。

高いホテルはバリアフリーが整っていることが多いのですが、お財布に余裕があるわけではありません。安宿のバリアフリー情報は、電話で直接問い合わせないとわからないことが多いのです。

また飛行機に乗るときに預けた自分の車いすが、他の国に行ってしまい、それが戻ってくるまでの2日間、航空会社の車いすで過ごしたこともあります。預けた車いすが壊れていたこともありました。

そんなトラブルこそが、トラベルの醍醐味です。

私はキャンプが大好き！　車いすなのにどうしてわざわざキャンプ？と思うかもしれませんが、キャンプをすると、メンバーそれぞれの得意なこと、苦手なことが見えてきます。普段とはちがう環境なので、助け合うのが当たり前。気を使うことなく手を貸し合えるのです。そんなキャンプが、私にとって居心地がいいのです。

私ができることは、前準備。キャンプ場を調べて、日程と場所の候補《こうほ》をあげて、友だちを誘います。来る人が決まったら、ＬＩＮＥグループをつくり、集合時間を決めたり、持ち物を分担《ぶんたん》したり。ひたすら計画する側に回ります。

そして当日、現地《げんち》に行ったら、私ができることはほとんどありません。車いすが行けない場所では、常に抱っこをしてもらわないといけないし、火おこしをはじめ、私ができないことだらけ。でもできる人ができることをやって、協力しながら楽しむのがキャンプの醍醐味《だいごみ》。

障害のある人の生活は、このキャンプに似ていると思います。人が集まって、お互いができないことを協力してやっていく。ヘルパーさんには、障害福祉《ふくし》サービスの中から給料が払《はら》われ、私も1割《わり》を負担します。ヘルパーという仕事を提供《ていきょう》することも、私のできる支え合いの一つ。

またヘルパーさんだけでなく、友だちやボランティアをはじめ、たくさんの人が集まる我《わ》が家《や》。子どもと遊びながら、ご飯を食べて、ときには悩《なや》みを相談し合ったり。いつのまにか助け合いになっているのが、不思議でもあるし、ありがたいです。

コラムを10年近く書いている私ですが、本を出すのは初めて。この1年、出版社《しゅっぱんしゃ》選びからはじまり、初めてのことばかりでした。

タイトルの『ママは身長100㎝』も、とっても悩みました。だって、性別《せいべつ》にとらわれない子育てを目指している私が、「ママ」を使うだなんて！　性別を気にしているのがあからさまじゃないですか⁉　フランスではセクシュアルマイノリティの親を考慮《こうりょ》して、学校では「父親・母親」と使うのをやめ、「親1・親2」とする動きさえあるのに。

でも体が小さくて、電動車いすを使う私が、女性として見られることは少なく、妊娠《にんしん》・出産・子育てを通して、初めて素直《すなお》に「女性としての自分」を大事できるようになりました。また、子どもから「ママ」と呼ばれることも好きなので、使うことを決めました。

実は、子どもたちには、「ママ」ではなく、「なっちゃん」って呼んでもらおうかと、悩んだこともありました。子どもと対等につき合いたい、と思っているからです。でも私のことを「ママ」って呼んでくれる人は、世界にこの2人しかいないのだから、「ママ」と呼んでもらうことに。そしてときには「なっちゃんママ」と呼んでもらっています。まわりの子どもたちは「○○（子どもの名前）くんママ」と呼ぶ人もいますが「なっちゃん」って呼んでくれる子どもの方が多いです。

これから、私のやりたいことリストはたくさん。自家製《じかせい》の梅干《うめぼし》をつくってみたいし、お味噌もつくってみたい。プラスチックを使うのを減らして、自家菜園《さいえん》したり、自家発電の家に住んでみたい。中国にパンダの幼稚園《ようちえん》を見に行きたいし、イタリアで本場のパスタも食べたいし、野生のキリンをアフリカで見てみたい。YouTubeに動画をアップしたいし、性教育を広める仲間をつくりたい。世界中の同じ障害の人と集まりたいし、英語で本も出版したい。高校や大学の時間講師をして、若い人と一緒に学び合いたい。児童養護《ようご》施設《しせつ》でボランティアしたり、里親にもなってもみたい。そして可能性にあふれた若い人に、ヘルパーの仕事のすばらしさを伝え、人とつながることを広めていきたいです。

どれをとっても、一人では叶《かな》えるのが難しいことばかり。支えてくれる人、一緒に動いてくれる仲間がほしいです。人とつながることが、障害のある私の強み。これからも人とつながることをあきめずに、やりたいことにチャレンジしていきたいです。

＊＊＊

この本のカバーのタイトル文字と裏の絵はムスコが書いてくれました。原稿《げんこう》が進まずにイライラしているときは「ママ、大丈夫だよ」とムスメがギュウっとして、なでなでしてくれました。正月休みにパートナーが子どもを連れ、実家に帰ってくれたので、この原稿の3分の2を書くことができました。いっぱいいっぱいの私に、ヘルパーさんたちは「大丈夫、やっておくよ、お茶でも飲む？」と支えてくれました。友だちは細かい相談、ときには夜中のＬＩＮＥにも返してくれました。ありがとうございます。

3年にわたり写真を撮っていただいている佐藤健介さん、メイク・岸順子さん、スタイリスト・河本佳恵さん、ありがとうございました。バレンタインの真冬日に、夏服での表紙写真撮影、あの寒さは忘れられません。

本を書きたいと思うきっかけをくれたライターの萩原絹代さん、わがままを丁寧に聞いてくださり、形にしてくれた大竹朝子さん、ディスカヴァー・トゥエンティワンとハフポスト日本版のみなさん、そしてこの一年を支えてくださったたくさんの方々、ありがとうございます。

そして最後に、私を「親友」と書いてくださり、愛がギュッと詰《つ》まったあたたかいコメントをいただいた有働由美子さん、ありがとうございます。おいしいものを食べに行きましょう！

いろいろな子育てがあるし、いろいろ家族のカタチがあります。子どもを持たない人も、シングルの人も、血のつながらない人同士の家族も、ときにはホームレスという生き方を選ぶ人もいます。いろいろなカタチの一つとして、身長100㎝で、車いすを使い、たくさんの人に支えてもらう私の生き方、子育てのカタチが広まりますように。

2019年初夏　伊是名夏子《いぜななつこ》

ハ　フ　ポ　ス　ト　ブ　ッ　ク　ス

ここから会話を始めよう

世界では「分断」が起きている、といわれています。
だが、本当でしょうか。

人は本当に排他的で、偏屈になっているのでしょうか。

家族の間で、学校で、オフィスで、そして国際社会で。さまざまな世間でルールが大きく変わるなか、多くの人は、ごく一部の対立に戸惑い、静かに立ち止まっているだけなのではないのでしょうか。

インターネットメディアのハフポスト日本版と、出版社のディスカヴァー・トゥエンティワンがともにつくる新シリーズ「ハフポストブックス」。
立場や考えが違う人同士が、「このテーマだったらいっしょに話し合いたい」と思えるような、会話のきっかけとなる本をお届けしていきます。

本をもとに、これまでだったら決して接点を持ちそうになかった人びとが、ネット上で語り合う。読者同士、作り手と読者、書き手同士が、会話を始める。議論が起こる。共感が広がる。自分の中の無関心の壁を超える。

そして、ネットを超えて、実際に出会っていく。意見が違ったままでも一緒にいられることを知る。

それは、本というものの新しいあり方であり、新しい時代の仲間づくりです。
世界から「分断」という幻想の壁を消去し、私たち自身の中にある壁を超え、知らなかった優しい自分と、リアルな関わりの可能性を広げていく試みです。

まずは、あなたと会話を始めたい。

2019年4月

ハフポスト日本版編集長　竹下隆一郎
ディスカヴァー・トゥエンティワン取締役社長　干場弓子

Photo Credit	Kensuke Sato（カバー、p25, 51, 96 左下, 102, 147, 160, 191, 201, 231, 237） http://kensukesato-photography.com 越智貴雄（p118, 142）http://www.ochitakao.com 佐藤沙安也（p111） 一般社団法人　Get in touch（p175）https://www.getintouch.or.jp Oi-chan（p227） 淺野努（p114） 上垣喜寛（p215） 植本一子（p97 左上） 小野さやか（p96 上 ,97 右 ,148）
撮影協力	Hair & Make-up 岸 順子 Stylist 河本佳恵
Illustration Credit	ムスコ（カバー裏面イラスト、タイトル字）

ハフポストブックス

ママは身長100cm

発行日　2019年　5月25日　第1刷

Author　伊是名夏子

Book Designer　佐藤亜沙美

Publication　株式会社ディスカヴァー・トゥエンティワン
〒102-0093　東京都千代田区平河町2-16-1 平河町森タワー11F
TEL　03-3237-8321（代表）03-3237-8345（営業）　FAX　03-3237-8323
http://www.d21.co.jp

Publisher　干場弓子
Editor　大竹朝子　林拓馬

Marketing Group
Staff　清水達也　井筒浩　千葉潤子　飯田智樹　佐藤昌幸　谷口奈緒美　蛯原昇　安永智洋
古矢薫　鍋田匠伴　佐竹祐哉　梅本翔太　榊原僚　廣内悠理　橋本莉奈　川島理　庄司知世
小木曽礼丈　越野志絵良　佐々木玲奈　高橋雛乃　佐藤淳基　志摩晃司　井上竜之介
小山怜那　斎藤悠人　三角真穂　宮田有利子

Productive Group
Staff　藤田浩芳　千葉正幸　原典宏　林秀樹　三谷祐一　大山聡子　堀部直人　松石悠
木下智尋　渡辺基志　安永姫菜　谷中卓

Digital Group
Staff　伊東佑真　岡本典子　三輪真也　西川なつか　高良彰子　牧野類　倉田華　伊藤光太郎
阿奈美佳　早水真吾　榎本貴子

Global & Public Relations Group
Staff　郭迪　田中亜紀　杉田彰子　奥田千晶　連苑如　施華琴

Operations & Management & Accounting Group
Staff　小関勝則　松原史与志　山中麻吏　小田孝文　福永友紀　井筒浩　小田木もも
池田望　福田章平　石光まゆ子

Assistant Staff
俵敬子　町田加奈子　丸山香織　井澤徳子　藤井多穂子　藤井かおり　葛目美枝子　伊藤香
鈴木洋子　石橋佐知子　伊藤由美　畑野衣見　宮崎陽子　並木楓　倉次みのり

Proofreader　文字工房燦光
DTP　株式会社 RUHIA
Printing　大日本印刷株式会社

ISBN978-4-7993-2460-8